中等职业教育系列教材

图形图像处理案例教程

主　编　李明志
副主编　钟克英　陈　刚
主　审　杨培添

西安电子科技大学出版社

2008

内 容 简 介

本书采用了流行的案例结构，以案例为导向，帮助读者在学习 Photoshop 软件功能的同时，轻松自如地掌握有关制作技巧，从而在实践中创作出独具特色的精彩图像作品。

全书共 8 章，通过案例详细讲解了 Photoshop 8.0 中各基本工具的操作(包括图像文件的操作、选区的创建和编辑、绘图工具和编辑工具及蒙版的使用、文本的输入和编辑等)，并另辟章节专门介绍了图层、滤镜、路径及通道的使用，最后又通过一个实例介绍了工具和命令的综合应用。

本书针对性、实用性强，可作为中等职业学校相关专业的教材，也可作为 Photoshop 爱好者的自学参考书。

图书在版编目(CIP)数据

图形图像处理案例教程 / 李明志主编. —西安：西安电子科技大学出版社，2008.12

(中等职业教育系列教材)

ISBN 978–7–5606–2045–9

Ⅰ. 图… Ⅱ. 李… Ⅲ. 图形软件，Photoshop 8.0—专业学校—教材 Ⅳ. TP391.41

中国版本图书馆 CIP 数据核字(2008)第 134134 号

策 划 陈 婷

责任编辑 买永莲 陈 婷

出版发行 西安电子科技大学出版社(西安市太白南路 2 号)

电 话 (029)88242885 88201467 邮 编 710071

http://www.xduph.com E-mail: xdupfxb001@163.com

经 销 新华书店

印刷单位 陕西华沐印刷科技有限责任公司

版 次 2008 年 12 月第 1 版 2008 年 12 月第 1 次印刷

开 本 787 毫米×1092 毫米 1/16 印 张 11.75

字 数 274 千字

印 数 1～4000 册

定 价 23.00 元(含光盘)

ISBN 978 – 7 – 5606 – 2045 – 9 / TP · 1055

XDUP 2337001-1

中等职业教育系列教材
编审专家委员会名单

主　任：彭志斌（广东省佛山市顺德区陈村职业技术学校校长　中学高级教师）

副主任：徐益清（江苏省惠山职业教育中心校教务主任　高讲）

　　　　孙　华（张家港职业教育中心校机电工程部主任　中学高级教师）

计算机、电子组　组　长：徐益清(兼)（成员按姓氏笔画排列）

王霁虹（深圳龙岗职业技术学校教务副主任　高级工程师）

王新荣（杭州市萧山区第三中等职业学校计算机教研组组长　中学高级教师）

甘里朝（广州市无线电中等专业学校计算机科副主任　讲师）

江国尧（苏州工业职业技术学院苏高工校区　中学高级教师）

吕小华（深圳华强职业技术学校计算机教研组组长　中学高级教师）

毕明聪（南京市江宁职业教育中心校教务处主任　中学高级教师）

严加强（杭州市电子信息职业学校电子教研组组长　高级教师）

陈　栋（广东省佛山市顺德区陈村职业技术学校实训处主任　中学高级教师）

徐伟刚（江苏省苏州职业教育中心校专业办主任　工程师）

机电组　组　长：孙　华(兼)（成员按姓氏笔画排列）

王明哲（陕西国防工业职业技术学院机电系主任　副教授）

冯彦炜（陕西省机电工程学校机电专业科科长　讲师）

张　俊（西安航空职业技术学院机械系主任助理　讲师）

杨荣昌（陕西省机电工程学校科长　高级讲师）

周兴龙（南京市江宁职业教育中心校机电专业办主任　中学高级教师）

前　言

在使用电脑进行各种艺术设计的过程中，平面设计软件扮演着十分重要的角色，因此它受到了软件开发人员和应用人员的重视。在众多的平面设计软件中，Adobe 公司所开发的 Photoshop 已被公认为顶尖的图形图像设计软件。Photoshop 是专业化的图形图像处理软件，其强大的功能使得图像编辑更为快捷，图像的艺术效果更加丰富多彩，因而它已成为美术作品设计中不可缺少的软件之一，在图像处理领域占有十分重要的地位。

鉴于 Photoshop 的版本虽然更新较快，但其基本的工具和命令却变化不大，故本书采用了 Photoshop 8.0 版本进行讲解。本书内容几乎涵盖了该软件中的所有功能，除对命令、工具做了详细的讲解外，书中还运用了大量的经典案例，将理论知识、实践操作、设计理念融为一体，使读者学习有关图形图像处理知识的同时，还能在具体的作品创作过程中轻松掌握图形图像的处理方法和技巧，真正做到"学以致用"。

本书是一本理论与实践紧密结合的实用型教材，具有很强的可读性。全书共 8 章，第一章为 Photoshop 8.0 概述，第二章介绍了 Photoshop 8.0 工具的使用，第三章介绍了图层的应用，第四章介绍了滤镜的应用，第五章介绍了路径的应用，第六章介绍了通道的应用，第七章介绍了 Photoshop 的常用操作，第八章则是一个综合实例。本书不仅可以用作中等职业学校电脑美术专业的教材，也适合作为相关领域的培训教材，还可供从事平面广告、图形图像设计等工作的人员参考。

本书的编写者都是在 Photoshop 课程教学中有着丰富经验的一线教学工作者。本书的主编长期从事图形处理的研究和教学，故本书也是多年来图形处理教学的总结。本书由李明志担任主编，钟克英、陈刚担任副主编。第一章由刘侃编写，第二、三章由钟克英编写，第四章由区国贤编写，第五章由李小东编写，第六章由陈刚编写，第七章由钟名春编写，第八章由张丹颖编写。全书由李明志统稿，由杨培添教授主审。

本书在编写过程中，得到了许多同行、同事及领导的大力支持和帮助，在此表示衷心的感谢！

由于计算机技术发展迅速，加之作者水平有限，书中难免有不妥或疏漏之处，恳请同行及广大读者批评指正。

编　者

2008 年 8 月于顺德中等专业学校

目　　录

第一章 Photoshop 8.0 概述

<table>
<tr>
<td>

本章导读

</td>
<td>

　　Photoshop 是 Adobe 公司推出的图形图像处理软件。Photoshop 软件的操作界面直观，使用方便，而且功能强大，在网页制作、广告创意、美术设计、建筑装璜、彩色印刷、多媒体、动画设计等行业应用广泛，受到了设计人员的青睐。

</td>
</tr>
</table>

　　本章将介绍图像的分类、图像的文件格式、图像的分辨率以及 Photoshop 8.0 的工作界面、文件操作及在 Photoshop 中获取帮助的方法等，使读者对 Photoshop 有一个比较基础而又全面的认识，为后面更深入的学习打下一个良好的基础。

一、图像的分类

　　在计算机领域内，图像分为两类——矢量图和位图。它们的效果分别如图 1-1 和图 1-2 所示。

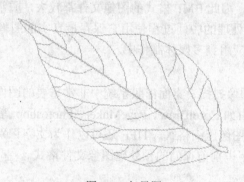

图 1-1　矢量图

图 1-2　位图

1．矢量图

矢量图中的任何复杂图形都是由简单图元构成的，这些图元有直线、点、圆，其中基本的图元是直线，也就是我们所说的"矢量"，这也是这种图形被称为"矢量"图的原因。实际上，矢量图的图形文件中并不真正保存图形本身，而是保存图中的所有图元的基本参数，如直线的起点与终点坐标，圆的圆心坐标和半径长度等，真正的图形是在打开图形文件时由软件根据文件中所存的参数"生成"的。正因为如此，矢量图文件的数据量较少，图形的清晰度也不受放大、缩小等操作的影响。矢量图比较适于表现由大量线条构成的图形。

2．位图

位图也叫栅格图，是 Photoshop 的主要编辑对象。位图的图形是由许多的小栅格(即像素)组成的，每个像素都拥有自己的颜色和亮度等属性。位图的文件中保存了所有像素及其属性。位图适合于表现含有大量细节(如明暗变化、场景复杂和多种颜色等)的画面。数码相机拍摄的照片、扫描仪输入的图片都是位图。

二、图像文件的格式

对于静态的图形图像，当前比较流行的几种文件格式是 BMP、TIFF、GIF、JPEG、PNG、PSD 等。

1．BMP 格式

BMP(Bitmap 的缩写)图像文件是几乎所有 Windows 环境下的图形图像软件都支持的格式。一般不使用压缩方法，因此 BMP 格式的图像文件都较大，通常不直接在多媒体制作中使用，只是在图像编辑和处理的中间过程使用它保存最真实的图像效果，编辑完成后转换成其他图像文件格式，再应用到多媒体制作中。

2．TIFF 格式

TIFF 是一种在数字图像扫描、桌面出版系统中非常重要的图像格式，可以保存图层。TIFF 是许多图像应用软件(如 CorelDraw、PageMaker、Photoshop 等)都支持的主要文件格式之一，同时它还支持多种图像压缩格式。TIFF 还可以作为文字识别软件(如清华紫光 TH－OCR MF7.5 等)在进行文字识别前存储的预处理图像文件格式。

3．GIF 格式

GIF 格式的图像最多支持 256 种颜色。这种图像文件占用的计算机存储空间较小，是在多媒体制作和网页制作中经常用到的图像文件格式。GIF 格式所具有的以下三个特点使它特别适合于制作网页的图像效果。

(1) 交错显示。GIF 图像在网上下载的最初阶段以低分辨率显示，以使浏览者看到模糊的图像全貌，而随着下载的进行，逐渐以高分辨率显示，避免了浏览者在等待图像下载过程中的枯燥乏味。

(2) 透明。GIF 图像允许将画面中的某一种颜色设置为"透明"。

(3) 动画效果。GIF 文件格式允许在一个文件中保存多幅画面。如果将同一个 GIF 文件中的几幅画面顺次显示，就形成了简单的动画效果。

4．JPEG 格式

JPEG 图像文件格式采用了较先进的压缩算法，有较好的图像保真度和较高的压缩比，其最大特点是文件非常小。

5. PNG 格式

PNG 格式的图像集中了最常用文件格式(如 GIF、JPEG 等)的优点(如 GIF 文件的透明和交错效果，JPEG 文件的可使用 24 位色彩的特点)，采用无损压缩算法，文件较小。但只有较高版本的浏览器才能显示 PNG 格式的图片。

6. PSD 格式

PSD 格式是 Photoshop 的一种专用格式，可以用来保存图层。

三、分辨率

分辨率是指在单位长度内所含有的点(即像素)的多少。分辨率有很多种，以下只是其中的几种。

1. 图像分辨率

图像分辨率是指每单位图像含有的点数或像素数。分辨率的单位为点/英寸(英文缩写为dpi)，例如 300 dpi 就表示该图像每英寸含有 300 个点或像素。在 Photoshop 中也可以用 cm(厘米)为单位来计算分辨率，当然，不同的单位所计算出来的分辨率是不同的，用 cm 为单位计算的数值比用 dpi 为单位计算的数值要小得多。本书中若无特别说明，则所有图像分辨率的大小均以英寸为单位。

数字化图像中，分辨率的大小直接影响着图像的品质。分辨率越高则图像越清晰，所产生的文件也越大，在工作中所需的内存和 CPU 处理时间也就越多，因此在制作图像时，高品质图像的分辨率就需要高一些，如果只是在屏幕上显示图像(如多媒体图像或网页图像)，就可以低一些。

另外，图像的尺寸大小、图像的分辨率和图像文件大小三者之间有着很密切的关系。一个分辨率相同的图像，如果尺寸不同，则它的文件大小也不同，尺寸越大所保存的文件也就越大。同样，增加图像分辨率，也会使图像文件变大。因此修改了前二者的参数就直接决定了第三者的参数。

2. 设备分辨率

设备分辨率是指每单位输出长度所包含的点数和像素数。它与图像分辨率不同，图像分辨率可以更改，而设备分辨率则不能更改。如平时使用的计算机显示器、扫描仪和数码相机等设备，它们各自都有一个固定的分辨率。

3. 屏幕分辨率

屏幕分辨率又称为屏幕频率，是指打印灰度级图像或分色所用的网屏上每英寸的点数，它是以每英寸所包括的行数来测量的。

四、Photoshop 8.0 工作界面简介

Photoshop 8.0 的工作界面较以前的版本有一些改变，界面更直观，操作也更方便，如图 1-3 所示。

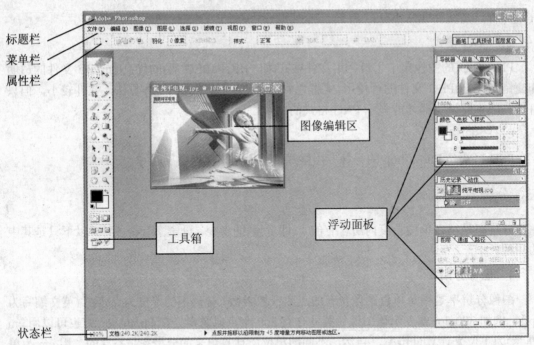

图 1-3　Photoshop 8.0 界面

1. 菜单栏

Photoshop 的菜单栏中包含了该款软件的所有功能，对该菜单栏可采用以下几种方法操作。

(1) 用鼠标单击某个菜单名，即可弹出其下拉菜单，可根据需要选择相应的子菜单或菜单项。

(2) 每个菜单名右边括号内都有一个带下划线的字母，按住 Alt 键的同时敲击该字母键，即可打开相应菜单，也可以用键盘中的方向键选择子菜单，敲击 Enter 键确认。

(3) 如果打开的下拉式菜单命令以灰色显示，则说明该命令在当前工作中是不可用的。当某个菜单命令的后面附带有一黑色小三角形时，说明此菜单的后面还有子菜单，将鼠标放在该菜单命令上稍停片刻即可弹出子菜单，但如果该命令在当前工作中不可用，将不会弹出子菜单，如图 1-4 所示。

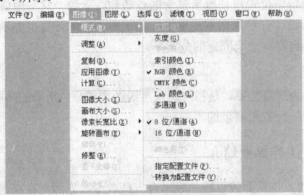

图 1-4　菜单栏

2．工具箱

工具箱是 Photoshop 软件的重要组成部分，也是我们进行图像设计和编辑的重要工具，如图 1-5 所示。系统默认情况下，工具箱位于界面窗口的最左边，也可以用鼠标拖动工具箱上部的蓝色条，将工具箱放到界面中的任意位置。敲击键盘上的 Tab 键或单击菜单栏中的【窗口】\【工具】命令可显示或隐藏工具箱。

对工具箱的操作如下：

(1) 单击工具箱中的某一个工具，当该工具以白色显示时，表示该工具已被选择。

(2) 在右下角有黑色小三角形的工具上，按住鼠标左键稍等片刻，即可弹出所隐藏的工具，如图 1-6 所示，将光标移动到需选择的工具处单击即可选择该工具。

(3) 敲击键盘中某一工具所对应的快捷键，也可将该工具选中。

图 1-5　工具箱

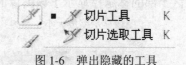

图 1-6　弹出隐藏的工具

3．属性栏

属性栏用来设置工具的各种属性。在 Photoshop 中，当选择了某个工具后，在菜单栏的下方会自动弹出其属性栏，可在其中对该工具的属性进行设置，如图 1-7 所示。

图 1-7　属性栏

系统默认状态下，属性栏放置在菜单栏的下方。如果界面中没有显示属性栏，可以单击菜单栏中的【窗口】\【选项】命令，即可弹出工具属性栏，若再次执行此命令，则可隐藏属性栏。

4．浮动面板

Photoshop 中，面板的种类很多，如图层面板、通道面板、路径面板等。各工作面板用于放置不同的设置选项或记录不同的信息，如图 1-8 所示。单击菜单栏中的【窗口】\【(面板名称)】命令即可弹出相应的面板，若再次执行此命令，则可取消相应的勾选，该面板被隐藏。

如图 1-8 所示，系统默认状态下，面板是以面板组的形式出现的，可使用标签进行切换和区分。对面板的操作如下：

(1) 单击面板标签，可选择所需的面板。

(2) 将光标放置在面板标签上的同时按住鼠标左键，当面板标签呈现蓝色时，拖动鼠标至合适位置松开，可将此面板从面板组中分离出来。用相同方法也可将工作面板重新组合。

(3) 单击面板中右上角的黑色三角形按钮，可打开面板菜单。

(4) 用快捷键可以选择相应的工作面板。

图 1-8　浮动面板

5．图像编辑区

在 Photoshop 中，每一幅打开的图像文件都有自己的图像编辑区，所有图像的编辑操作都须在图像编辑区中完成。当在界面窗口中打开多个图像文件时，图像标题栏呈现为蓝色的即为当前文件，所有的操作也只对当前文件有效。用鼠标在所需文件中的任意位置单击即可将此文件切换为当前文件。

图像编辑区上部的标题栏显示了该图像的有关信息，如图 1-9 所示。

图 1-9　图像编辑区

6．标题栏

Photoshop 工作界面的标题栏如图 1-10 所示，双击其左侧的 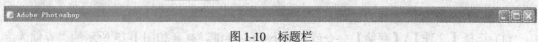 标识，可关闭该程序。标题栏右侧的 按钮分别表示窗口的最小化、最大化和关闭。

图 1-10　标题栏

7．状态栏

系统默认下，状态栏位于工作界面窗口的底部，如果在界面窗口的底部没有显示，可单击菜单栏【窗口】\【状态栏】命令，将其显示出来。状态栏的作用主要是提供当前的工作信息，包括当前图像显示的大小、当前所用工具及其特性等，如图 1-11 所示。

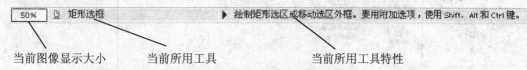

当前图像显示大小　　　当前所用工具　　　　　　　当前所用工具特性

图 1-11　状态栏

五、图像文件的操作

图像文件的操作主要包括新建、保存、关闭和打开等，这些功能是我们在处理图像时使用最为频繁的，下面就对它们分别作一介绍。

1．建立新图像

启动 Photoshop 后，其界面上是没有任何图像的，因此需要先建立一个新图像。方法如下：

(1) 选择【文件】\【新建】命令或者按下 Ctrl+N 键，出现"新建"图像对话框，如图 1-12 所示，在该对话框中可对该新图像的属性进行设置。

(2) 按住 Ctrl 键的同时，双击 Photoshop 窗口的空白处也可打开"新建"图像对话框。

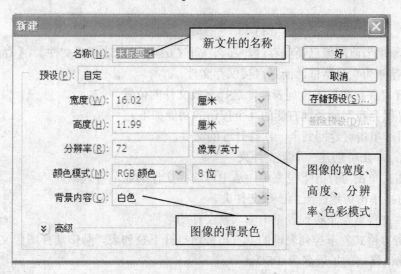

图 1-12　"新建"图像对话框

2．保存图像

保存图像文件有多种方法，一般最常见的有以下两种。

1）保存图像

保存一幅新图像的操作方法如下：

(1) 选择【文件】\【存储】命令或者按下 Ctrl+S 键，打开如图 1-13 所示的"存储为"对话框。

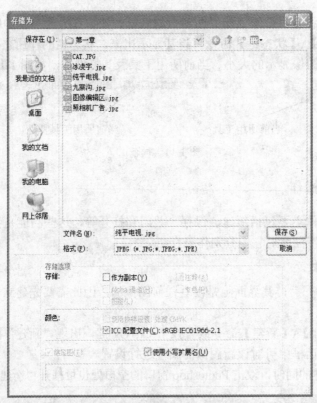

图 1-13　"存储为"对话框

注意： 如果当前图像已经保存过，那么按下 Ctrl+S 键或选择【文件】\【存储】命令，不会打开"存储为"对话框，而是直接保存文件。

(2) 打开"保存在"下拉列表框，选择存放文件的位置。

提示： "保存在"列表框右侧的几个按钮的功能如下。

 按钮：单击可返回到上一次打开过的文件。

 按钮：单击可创建一个新文件夹。

 按钮：单击可打开下拉菜单，从中可选择文件的显示方式。

 按钮：单击可返回至上一级文件夹。

(3) 在"文件名"下拉列表框中输入新文件的名称。

(4) 单击"格式"下拉列表框的下三角按钮打开下拉列表，从中选择图像文件的格式，Photoshop 默认格式的扩展名为 .PSD。

(5) 单击"保存"按钮，完成对新图像的保存。

此外，在"存储为"对话框的"存储选项"选项组中，用户可以设置多项参数，用以保存相关内容，各项功能具体如下：

● **作为副本**：存储文件副本，同时使当前文件在桌面上保持打开状态。

● **Alpha 通道**：将 Alpha 通道信息与图像一起存储。禁用该选项可将 Alpha 通道从存储的图像中删除。

● **图层**：保留图像中的所有图层。如果该选项被禁用或者不可用，则所有的可视图层将合并或不合并(具体取决于所选格式)。

● **注释**：将图像中的注释内容与图像一起保存。

● **专色**：将专色通道信息与图像一起保存。禁用该选项可将专色从保存的图像中删除。

● **颜色**：可以选择使用 CMYK 颜色模式或者 RGB 颜色模式存储图像，默认为 RGB 颜色模式。

● **缩览图**：选中该项则保存文件的缩览图。

● **使用小写扩展名**：设置当前保存的文件扩展名是否小写。选中表示小写，不选中则表示大写。

注意：如果图像中含有图层且要保存这些层中的内容，以便于日后修改编辑，则只能使用 Photoshop 自身的格式(PSD 格式)或 TIF 格式保存。

2) 将文件保存为其他图像格式

Photoshop 所支持的图像格式有 20 多种，所以可用它来转换图像文件格式。操作方法如下：

(1) 打开要转换格式的图像，选择【文件】\【存储为】命令或按下 Shift+Ctrl+S 键，打开"存储为"对话框，如图 1-13 所示。

(2) 在对话框中设置文件的保存位置和文件名，并在"格式"下拉列表中选择一种图像格式。

注意：当用户选择了一种图像格式后，对话框下方的"存储选项"选项组中的选项内容将会发生相应的变化，以便用户选择要保存的内容。

(3) 单击"保存"按钮即弹出如图 1-14 所示的对话框，在该对话框中设置相关选项后单击"确定"按钮即可。

图 1-14　相关选项设置对话框

提示：在保存为不同格式的图像文件时，会因所保存文件格式的不同而弹出类似图 1-14 所示的对话框，要求用户设置相应的保存选项。

3．关闭图像

关闭图像的方法有以下几种：

(1) 双击图像窗口标题栏左侧的"控制窗口"图标 。

(2) 单击图像窗口标题栏右侧的"关闭"按钮 。

(3) 选择【文件】\【关闭】命令。

(4) 按下 Ctrl+W 或 Ctrl+F4 键。

通过以上方法都可关闭当前活动的图像窗口。如果用户打开了多个图像窗口，并想将它们全部关闭，则可以选择【窗口】\【文档】\【全部关闭】命令或按下 Shift+Ctrl+W 键。

4．打开图像

若要对已有的图像进行编辑，则必须先打开它。打开图像有以下几种方法。

1) 常规打开法

用常规方法打开图像的操作步骤如下：

(1) 选择【文件】\【打开】命令或按 Ctrl+O 键，打开"打开"对话框，如图 1-15 所示。

图 1-15 "打开"对话框

提示：双击 Photoshop 窗口的空白处也可以打开图 1-15 所示的"打开"对话框。

(2) 在"打开"对话框中可按照 Windows 下的其他的软件(如 Office 系列的软件)的操作方法打开所需的图像文件。

2) 打开指定格式的图像

打开指定格式图像的操作步骤如下：

(1) 选择【文件】\【打开为】命令打开"打开为"对话框，此对话框与图 1-15 所示的对话框基本相同。

(2) 在"打开为"的文件类型下拉列表中选择指定的图像格式。例如，要打开 BMP 格式的图像，可在文件类型下拉列表中选择 BMP 格式。

(3) 在"文件名"下拉列表中选择要打开的图像文件。

(4) 单击"打开"按钮即可打开指定格式的图像文件。

3) 打开最近使用过的图像

当用户在 Photoshop 中保存或打开过文件后，在【文件】\【最近打开文件】子菜单中就会显示出以前编辑过的图像文件，利用【文件】\【最近打开文件】子菜单中的文件列表可快速打开最近使用过的文件。

Photoshop 新增了一项能够很方便地打开文件的功能，即利用"文件浏览器"窗口打开。利用"文件浏览器"窗口打开所需图像文件的操作步骤如下：

(1) 选择【文件】\【浏览】命令或者在工具栏右侧单击"文件浏览器"图标，打开如图 1-16 所示的窗口。

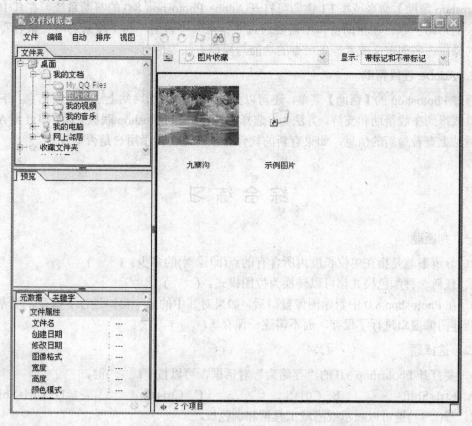

图 1-16　"文件浏览器"窗口

(2) 在该窗口左上角的文件目录中找到存放图片的文件位置，即单击文件夹图标左侧的"+"展开文件夹，并单击选中文件夹，此时在窗口右侧将显示该文件夹中的所有文件。

(3) 在窗口右侧选中要打开的图片文件，选中的图片的预览图像将显示在窗口左侧的预览区中。

(4) 双击要打开的图片文件，或者直接将图片文件从该窗口拖到 Photoshop 的界面上即可打开该文件。

注意：如果用户计算机的内存和磁盘空间太小，将无法打开多个文件；如果文件过大，也有可能无法打开。这是因为打开的文件数量取决于用户使用的计算机所拥有的内存和磁盘空间的大小，内存和磁盘空间越大，能打开的文件数目也就越多。

六、获取帮助

使用一个软件一定要学会使用自带的帮助信息。通过帮助信息可以了解一个工具如何使用，一个选项如何设置等。

1．使用 Photoshop 8.0 帮助

Photoshop 8.0 的帮助功能继承了以前版本中的查询及索引方式，能有效地帮助用户掌握该软件的使用方法。该功能由位于菜单栏中最右边的【帮助】菜单提供。选择【帮助】\【Photoshop 帮助】命令或按 F1 键即可打开 Adobe Photoshop 8.0 的帮助系统，在其中可选择相关的帮助主题。在帮助窗口中需要通过"目录"、"索引"和"搜索选项"来查看某项任务的操作、名词定义或者一条命令的功能与操作方法等信息。

2．Adobe 在线帮助

通过 Photoshop 的【帮助】菜单，还可以到 Adobe 公司的网站上了解最新信息，下载相关工具或得到在线帮助和支持。方法为：选择【帮助】\【Photoshop 联机】项，即可到 Adobe 公司网站上查看最新的信息，如果有新的软件补丁，还会提示用户是否下载等。

综 合 练 习

一、判断题

1．分辨率就是指在单位长度内所含有的点(即像素)的多少。(　　)

2．任何一种颜色模式都可以转换为位图模式。(　　)

3．在 Photoshop 8.0 中新建图像窗口后，如果对其中的某一窗口进行了保存，就等于对所有新建图像窗口进行了保存，而不需逐一保存。(　　)

二、选择题

1．要打开 Photoshop 8.0 的"存储为"对话框，可以按下(　　)键。

A. Ctrl+Shift　　　　　B. Ctrl+S　　　　　C. Ctrl+Q　　　　　D. Ctrl+Shift+S

2．按(　　)键可以显示或隐藏工具箱和调色板。

A. Tab　　　　　B. Esc　　　　　C. Shift　　　　　D. Ctrl

3．在 Photoshop 8.0 中允许一个图像显示的最大比例范围是(　　)。

A. 100%　　　　　B. 200%　　　　　C. 600%　　　　　D. 1600%

三、填空题

1．Photoshop 8.0 编辑的图像是_____，也叫_____，它是由许多的小栅格即_____组成的。

2．图像分为两类，分别是_____和_____。

3．静态图形图像现在常用的文件格式有_____、_____、_____等。

四、简答题

1．简述矢量图与位图的区别。

2．简述 Photoshop 8.0 的常用文件格式。

第二章　Photoshop 8.0 工具的使用

> **本章导读**
>
> 本章我们将详细介绍 Photoshop 8.0 工具箱中各类工具(如，选取工具、移动和裁切工具、画笔工具、修复工具与无性系画笔图章、文字工具、橡皮擦工具、路径工具、渐变工具、颜料桶和辅助工具等)的使用方法和技巧，这是我们进行图像设计和编辑，从而制作出精彩作品的基础。

　　系统默认状态下，工具箱位于界面窗口的最左边，用鼠标拖动工具箱上部的蓝色条可以将工具箱移动到界面中的任意位置。对工具箱中各工具的选择和编辑有以下几种方法。

　　(1) 将鼠标置于工具箱中的任意工具上单击，当此工具显示为白色时，表示该工具被选中。

　　(2) 直接敲击键盘中某一工具所对应的快捷键，也可选择该工具。在某些工具的右下角附带有一个黑色小三角，在此工具处，按住鼠标左键不松手，稍等片刻即可弹出其隐藏的工具，将光标移动到需选择的工具处松手，即可选择此工具。

　　(3) 选择工具后，在菜单栏的下方会自动弹出其属性栏，在此可以对该工具的各种参数进行设置。

案例 1　给小兔子换衣服

一、案例效果与主要工具

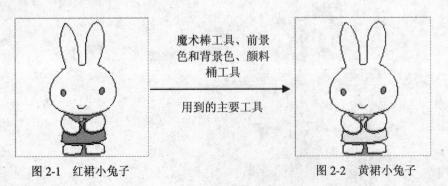

魔术棒工具、前景色和背景色、颜料桶工具

用到的主要工具

图 2-1　红裙小兔子　　　　　　　　图 2-2　黄裙小兔子

二、案例操作

　　本案例的操作步骤如下：

　　(1) 单击【文件】\【打开】命令，打开配套光盘中的"第二章\案例 1\红裙小兔子.jpg"，如图 2-1 所示。

(2) 单击工具箱中的"魔术棒工具" ，在小兔子的衣服上单击，这时小兔子的衣服将被一条游动的虚线围起来，被虚线围起来的部分叫做被选择部分，如图 2-3 所示(注："魔术棒工具"能选择颜色相近的不规则区域)。

图 2-3 选择要修改颜色的区域

(3) 单击工具箱的"前景色和背景色"中的"前景色"(如图 2-4 所示)，弹出"拾色器"对话框，如图 2-5 所示。在该对话框的"颜色细条"中单击左键选择最接近要求的颜色，此时，"颜色对照框"的上半部分便会呈现选定的前景色，下半部则是原来的前景色。设置完毕单击"好"按钮即可。

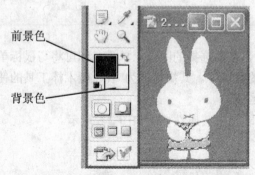

图 2-4 前景色和背景色

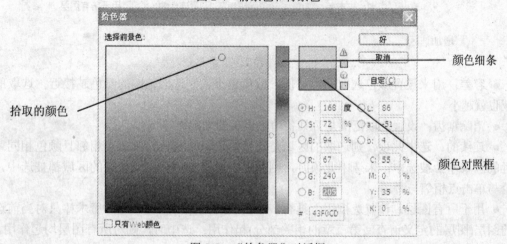

图 2-5 "拾色器"对话框

（4）填充颜色。单击工具栏中的"颜料桶工具" 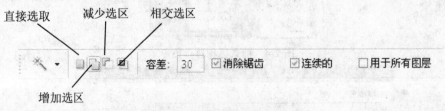，鼠标的形状将变成小桶的形状，在选择区域中单击左键，即完成小兔子衣服颜色的更改。最终结果如图 2-2 所示。

（5）单击【文件】\【存储为】命令，在弹出的对话框中输入文件名"小兔子"，并单击"保存"按钮。

三、相关练习

（1）打开配套光盘中的"第二章\案例 1\容差.jpg"，选中魔术棒工具后，将属性栏中的"容差"值先后改为 20 和 50，并分别在圆心单击，观察被选择的区域。

（2）试将题(1)属性栏中的"容差"设置为 100，再分别将"连续"选项选中和取消的同时在圆心单击，观察被选择的区域。

四、案例讨论

（1）"魔术棒工具"和"颜料桶工具"的属性栏都有"容差"选项，试想想这两者之间的区别。

（2）如果选取了工具后，其属性栏没有显示出来，怎样才可以将它显示出来？

（3）"魔术棒工具"和"颜料桶工具"的属性栏中的"消除锯齿"是什么意思？

五、案例小知识

1. 魔术棒工具

点选"魔术棒工具" ＼ 后，在要选择的图像上单击，即可将与鼠标单击点处颜色相同或相近的像素自动融入到选择的区域中。其快捷键为 W。魔术棒工具的使用较为简单，它能够选择出颜色相同或相近的区域。

当单击工具箱中的 ＼ 后，即弹出其属性栏，如图 2-6 所示。

图 2-6　"魔术棒工具"属性栏

● 容差：用来设置颜色选取的容差值。数值越小，则选取范围的颜色越接近，选取的区域也就越小。

● 消除锯齿：设置选取范围是否具备消除锯齿的功能。

● 连续的：选中此项，则选取的区域是连续的，只有与鼠标单击点相邻且颜色相同或相近的区域才会被选中；未选中此项时，则图形中所有颜色相同或相近的区域都被选中，无论与单击点相邻与否。

● 用于所有图层：该复选框用于具有多个图层的图像。未选中时，魔术棒只对当前选中的图层(图层的定义请查阅第三章的相关部分)起作用；选中时，则对所有图层均起作用，即可选取所有层中相近的颜色区域。

2．前景色和背景色

"前景色和背景色" 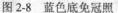 用于改变当前的前景色和背景色。按 D 键可以设置前景色和背景色分别为黑色和白色；单击右上角的双箭头或按 X 键可将前景色和背景色互换。

● 前景色：用于显示和选取当前绘图工具所使用的颜色。单击前景色按钮，可以打开"拾色器"对话框并从中选取颜色。

● 背景色：用于显示和选取图像的底色。选取背景色后，并不会立即改变图像的背景色，只有在使用与背景色有关的工具时才会依照背景色的设置来执行命令。

3．颜料桶工具

"颜料桶工具" 用于对图像或选择区内指定容差范围的区域进行色彩或图案的填充。该工具只对图像中颜色相近的区域进行颜色填充，快捷键为 G。在"颜料桶工具"填充颜色之前，需要先选定前景色，然后才可在图像中单击以填充前景色。"颜料桶工具"属性栏如图 2-7 所示。

填充：前景　　图案：　　模式：正常　　不透明度：100%　容差：32　□消除锯齿 ☑连续的　□所有图层

图 2-7　"颜料桶工具"属性栏

"颜料桶工具"有类似于"魔术棒工具"的功能，在填充时要先对单击处的颜色进行取样，以确定要填充颜色的范围。其中"容差"、"连续的"、"消除锯齿"、"所有图层"选项的功能和"魔术棒工具"中的相同。

六、案例拓展——免冠照片换色

图 2-8　蓝色底免冠照　　　　　　　　　　图 2-9　红色底免冠照

案例点化：

(1) 打开配套光盘中的"第二章\案例 1\蓝色底免冠照 .jpg"，如图 2-8 所示。用"魔术棒工具"选定头像以外的蓝色，设置适当的容差，参考值为 35。

(2) 执行【选择】\【反选】命令，为得到更好的效果，可将选区作适当的收缩(【选择】\【修改】\【收缩】的参考值为 1)和羽化(【选择】\【羽化】的参考值为 1)。

(3) 将步骤(2)中选中的头像复制到一个新图层中。

(4) 新建一图层，将前景色设置为红色，用颜料桶工具填充为纯红色，并与步骤(3)中的图层调换顺序。

(5) 将最后结果保存，效果如图 2-9 所示。

案例 2　雾 里 看 花

一、案例效果与主要工具

图 2-10　花

椭圆选框工具

用到的主要工具

图 2-11　雾里看花

二、案例操作

本案例的操作步骤如下：

(1) 执行【文件】\【打开】命令，打开配套光盘中的"第二章\案例 2\花.bmp"，如图 2-10 所示。

(2) 在工具箱中的"矩形选框工具"上按住鼠标左键不放，片刻后即出现其隐藏工具栏 (图 2-12)，将鼠标移动到"椭圆选框工具"上并松开，就选择了"椭圆选框工具"，其属性栏也随之弹出，如图 2-13 所示。在该属性栏中将"羽化"的参数改为 16 像素。

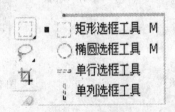

图 2-12　选择"矩形选框工具"

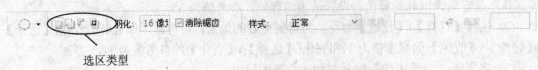

选区类型

图 2-13　"椭圆选框工具"属性栏

(3) 将鼠标移到图片上并按住鼠标左键不放，拖动鼠标即出现一条椭圆形的游动的虚线，当对这个椭圆满意后松开鼠标，如图 2-14 所示。如果对所选的椭圆区域不满意，在图片的其他任意地方单击就可以取消该选区。

图 2-14　椭圆选择区域

(4) 执行【编辑】\【复制】命令，将选择的内容复制到剪贴板，此时屏幕上并没有什么变化。

(5) 选择【文件】\【新建】项，出现"新建"文件对话框，如图 2-15 所示，单击"好"按钮后即新建一个文件。

(6) 现在的 Photoshop 主窗口中有两个文件窗口，一个是刚才打开的"花.bmp"窗口，一个是新建的文件"未标题-4"窗口。将"未标题-4"窗口选定为当前窗口，再执行【编辑】

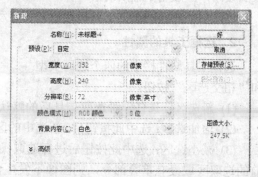

图 2-15　"新建"文件对话框

\【粘贴】命令或敲击 Ctrl+V 键，即可得到如图 2-11 所示的图片。

三、相关练习

将选框工具属性栏中的选区类型改为"增加选区"，并将羽化参数改为 0，分别选择"矩形选框工具"、"单行选框工具"和"单列选框工具"，在图片上拖动鼠标以增加选择区域，如图 2-16 所示。

图 2-16　增加选择区域

四、案例讨论

(1) 为什么在处理图像时要建立选区？
(2) 讨论"选框工具"中的选区类型的作用。

(3) 讨论"选框工具"在使用中的缺点。

五、案例小知识

1．选框工具

选框工具有以下几种：

(1) 矩形选框工具▯：建立矩形选区。

(2) 椭圆选框工具○：建立椭圆形选区。

(3) 单行选框工具═或单列选框工具▮：将边框定义为 1 个像素宽的行或列，在绘图中较少使用，一般用于辅助线条。

注：单击相关的选框工具按钮后，将自动弹出其属性栏。

2．选框工具的属性

选框工具属性栏中的四个选区类型▯▯▯▯ 分别是"新选区"、"增加选区"、"减小选区"和"相交选区"按钮。

(1) 新选区：选任一种选取工具后的默认状态，此时即可选取新的区域。

(2) 增加选区：选中此按钮后，新选中的区域将和之前选取的区域合成为一个选取区域。

(3) 减小选区：选中此按钮后进行选取操作不会选取新的区域。如果选择的新区域跟以前的选取区域没有重叠部分，则图像不发生任何变化；如果新选中的区域与以前的选取区域有重叠，重叠的部分将从以前的选取区域中减掉。

(4) 相交选区：选中此按钮后进行选取操作时，将在新选取区域与原选取区域的重叠部分(即相交的区域)产生一个新的选取区域，而两者不重叠的区域则被删减；如果选取时在原有选取范围之外的区域选取，则会出现一个对话框，将取消所有的选取区域。

(5) 羽化：在文本框中输入数值，可以设置选取区域的羽化功能。设置了羽化功能后，在选取区域的边缘部分，会产生渐变晕开的柔和效果，其羽化的范围为 0～250 像素。

(6) 样式：在其下拉列表框中可以任选一种选择区域的方式，如图 2-17 所示。

图 2-17　样式下拉列表框

● 正常：默认设置下的选择方式。这种方式最为常用，可选择不同大小、形状的矩形。

● 固定长宽比：在这种方式下可以设置选取区域的宽和高。当比例为 2：1 时，产生的矩形选取区域的宽是高的两倍，而椭圆选取区域的长轴是短轴的两倍。

● 固定大小：在这种方式下选区的尺寸由"宽度"和"高度"文本框中输入的数值决定。设定后单击即可获得选取区域，并且该选取区域的大小固定不变。

3．矩形选框工具

"矩形选框工具"的使用方法与"椭圆选框工具"的基本相同，只是它生成的是矩形选区。按键盘中的 Shift+M 键可以实现它们之间的切换。使用"矩形选框工具"和"椭圆选框工具"有多种技巧，如：

(1) 当图像中没有选区时，按住键盘中的 Shift 键的同时拖曳鼠标，可以生成一个正方形选区。

(2) 按住键盘中的 Alt 键的同时拖曳鼠标，将生成一个以鼠标落点为中心的矩形选区。

(3) 当图像已经有了选区时，按住键盘中的 Shift 键的同时拖曳鼠标，可以增加一个选区。

(4) 按住键盘中的 Alt 键的同时，在原来的选区拖动鼠标，新生成的选区为原选区减去新创建的选区。

(5) 如果要取消选区，可以按 Ctrl+D 键。

六、案例拓展——G 的制作

图 2-18　G 的制作

案例点化：

(1) 新建文档，将前景色设置为蓝色，用"椭圆选框工具"在文档中画一椭圆，并填充前景色。

(2) 再画一较小的椭圆选区，放置于第一个椭圆中央，并按 Delete 键删除。

(3) 用"矩形选框工具"在"O"形区的右半部分适当位置画一矩形选区，并按 Delete 键删除。

(4) 用"矩形选框工具"在"O"形区的右下部分画横、竖两个矩形，并填充前景色，便可得如图 2-18 所示的效果。

案例 3　给小猫找个小伙伴

一、案例效果与主要工具

套索工具、
移动工具

用到的主要工具

图 2-19　孤独的小猫　　　　　　　　　　　　　　图 2-20　小伙伴

二、案例操作

本案例的操作步骤如下：

(1) 执行【文件】\【打开】命令，打开配套光盘中的"第二章\案例 3\孤独的小猫 .jpg"，如图 2-19 所示。

(2) 选择工具箱中的"套索工具" ，其属性栏也随之弹出，如图 2-21 所示，并将羽化的参数设为 5 像素。

图 2-21　"套索工具"属性栏

(3) 将鼠标移到图片上并按住鼠标左键不放，沿着小猫的轮廓拖动，直到拖出一个满意的选区再松开鼠标，即可出现一条不规则的游动的虚线，如图 2-22 所示。如果对选区不满意，按 Ctrl+D 键就可以取消选区。

图 2-22　不规则选区

(4) 单击【编辑】\【复制】项或按 Ctrl+C 键将选择的内容复制到剪贴板(此刻屏幕上无任何变化)，再单击【编辑】\【粘贴】项或按 Ctrl+V 键可将选择的内容进行粘贴，这时屏幕似乎仍旧没有什么变化。

(5) 选择工具箱中的"移动工具" ，并在图像上拖动，即可看到小猫多了一个小伙伴，把它拖到适当的位置即可，最终效果如图 2-20 所示。

三、相关练习

试将配套光盘中"第二章\案例 3"目录下的"西红柿 1.jpg"编辑成该目录下"西红柿 2.jpg"的效果。

四、案例讨论

(1) 与"选框工具"相比，"套索工具"有哪些优缺点？

(2) "套索工具"属性栏中的"羽化"和"消除锯齿"参数应怎样理解？

五、案例小知识

1. 套索工具组

套索工具组包括"套索工具"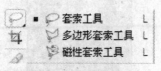、"多边形套索工具"、"磁性套索工具"，如图 2-23 所示。

图 2-23　套索工具组

(1) 套索工具：只要按住鼠标左键在图像内拖动，鼠标移动的轨迹即为选择区域的边界。由于使用该工具进行选择较难控制，所以此工具一般用于精确度要求不高的区域选择。

(2) 多边形套索工具：只要沿着选择的图像边界依次单击，鼠标先后的落点间将会出现连线，最后，当鼠标回到起点时，该鼠标图标的右下角将出现一个小圆圈，单击即可闭合这些线，构成一个选择区域。

(3) 磁性套索工具：此工具功能强大，具有方便、准确、灵活的特点，它能识别对象的边缘，选择该工具后会弹出属性栏，如图 2-24 所示。

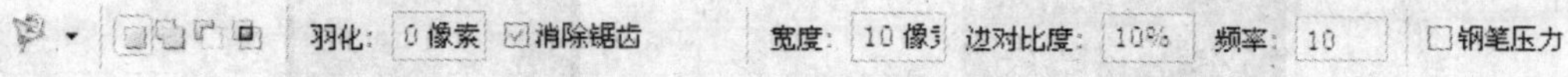

图 2-24　"磁性套索工具"属性栏

● 消除锯齿：选取此项，则选取的边界较光滑，不会出现锯齿，如图 2-25 所示。

消除锯齿　　　　　　　　　不消除锯齿

图 2-25　消除锯齿与不消除锯齿对比

● 宽度：设置此工具所能检测的边缘宽度，其取值范围为 2～40。
● 边对比度：设置边缘反差。值越大，选取的范围越精确。
● 频率：设置定位节点的数量。值越大，节点越多。

2. 移动工具

"移动工具"可以移动图层中的整个图像或已选取的区域。如果移动工具配合一些热键来使用，则会取得不同的移动效果，下面是常用的两种：

(1) 按住 Shift 键的同时用鼠标拖动选区，可以沿 45°的方向移动。

(2) 敲击键盘中的方向键，则每次只移动一个像素。

六、案例拓展——水中花

图 2-26　水中花

案例点化:

(1) 打开配套光盘"第二章\案例 3"中的"水 .jpg"及"花 .jpg"两张素材图片,如图 2-27 和图 2-28 所示。

(2) 用"套索工具"选择花,并设置适当的羽化值。

(3) 用"移动工具"将选区拖动到"水"图片中,用旋转工具调整花的大小和位置,便可得到图 2-26 所示的效果。

图 2-27　水

图 2-28　花

案例 4　海 市 蜃 楼

一、案例效果与主要工具

裁切工具、
修复画笔工具

用到的主要
工具

图 2-29　孤舟　　　　　　　　　　　　　　图 2-30　海市蜃楼

二、案例操作

本案例的操作步骤如下：

(1) 单击【文件】\【打开】项，打开配套光盘中的"第二章\案例 4\孤舟.jpg"，如图 2-29 所示。

(2) 选择工具箱中的"裁切工具" 口，将光标放在图片左上方的适当位置，并按住鼠标左键向右下方拖曳，得到如图 2-31 所示的选框(可以拖动选框上的八个控制点来调整选框的大小，以得到满意的选区)，再按 Enter 键进行确认。裁切后的图片如图 2-32 所示。

图 2-31　裁切图片

图 2-32　裁切后的图片

(3) 打开配套光盘中的"第二章\案例 4\城堡.jpg"，选择工具箱中的"修复画笔工具" ✐，并在弹出的属性栏中调整各项参数，如图 2-33 所示。

图 2-33　"修复画笔工具"属性栏

(4) 按住 Alt 键的同时将光标放置在城堡图像中单击，对城堡图像进行复制，如图 2-34 所示。再将光标放置在裁切后的孤舟图像的天空处并拖动，即可在海上呈现海市蜃楼的景象，如图 2-30 所示。

图 2-34　复制城堡

三、相关练习

(1) 将配套光盘中"第二章\案例4"目录下的"九寨沟.jpg"和"香花.jpg"编辑成该目录下"香花九寨沟.jpg"的效果。

(2) 将配套光盘中"第二章\案例4"目录下的"古堡.jpg"和"城堡.jpg"编辑成该目录下"空中楼阁.jpg"的效果。(注：属性栏中的"模式"选项改为"屏幕"。)

四、案例讨论

(1) 打开配套光盘中"第二章\案例4"目录下的"海市蜃楼.jpg"，选中"修复画笔工具"，将其属性栏中的"模式"分别改为"屏幕"和"变亮"等，并分别在图片上拖曳鼠标，观察其效果，最后再讨论这些模式的作用。

(2) 试将(1)题属性栏中的"源"设置为"图案"，并选择为不同的图案，分别在图片上拖曳鼠标，观察其效果，最后再讨论它与案例4的区别。

(3) 选中"修复画笔工具"后，将其属性栏中的"对齐"项设定为选中，并观察其效果，再讨论其作用。

五、案例小知识

1. 裁切工具

"裁切工具" 主要用来将图像中多余的部分剪切掉，它还可以对图像进行旋转、缩放等操作，其属性栏如图2-35所示。

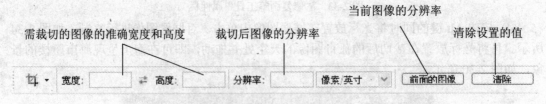

图 2-35　"裁切工具"属性栏

2. 修复画笔工具

"修复画笔工具" 用于对图像进行复制操作，其属性栏如图2-36所示。

图 2-36　"修复画笔工具"属性栏

六、案例拓展——修复旧照片

图 2-37　旧照片　　　　　　　　　　　图 2-38　修复后的照片

案例点化：

(1) 打开配套光盘中的"第二章\案例 4\旧照片"，如图 2-37 所示，使用"裁切工具"将旧照片周围部分裁掉。

(2) 将背景层复制到一新图层中。

(3) 选择工具箱中的"修复画笔工具"，并设置其属性栏中的参数，对照片残缺的地方进行修复。最终效果如图 2-38 所示。

案例 5　停车坐爱枫林晚，霜叶红于二月花

一、案例效果与主要工具

画笔工具、文字
工具、减淡工具

用到的主要工具

图 2-39　枫叶林　　　　　　　　　　　图 2-40　枫晚亭

二、案例操作

本案例的操作步骤如下：

(1) 单击【文件】\【打开】项，打开配套光盘中的"第二章\案例 5\枫叶林.jpg"，如图 2-39 所示。

(2) 选择工具箱中的"画笔工具" ✎ ，并设置其属性栏，如图 2-41 所示。同时，将其前景色设置为"红色"，背景色设置为"土黄色"。设置完成后将光标放在图片的适当位置，

并单击数次鼠标左键，即可得到如图 2-42 所示的图片。

图 2-41 "画笔工具"属性栏

图 2-42 添加枫叶

(3) 选择工具箱中的"减淡工具" ，在其弹出的属性栏中调整各项参数，如图 2-43 所示。之后，将光标放置在图像的右边，并拖曳鼠标，即可看到拖曳过的位置的颜色减淡了，拖曳出适当的长度，以备加标题，如图 2-44 所示。

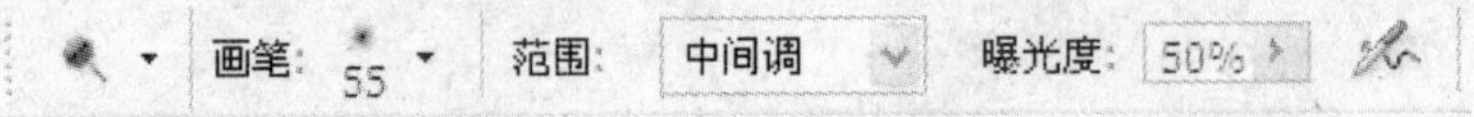

图 2-43 "减淡工具"属性栏

图 2-44 减淡色彩

(4) 选择工具箱中的"文字工具" T，在其弹出的属性栏中调整各项参数，如图 2-45 所示。此外，将字体的颜色设置为墨绿色，并在图像上输入标题"停车坐爱枫林晚 霜叶红于二月花"，再用"移动工具"将文字移到合适的位置。

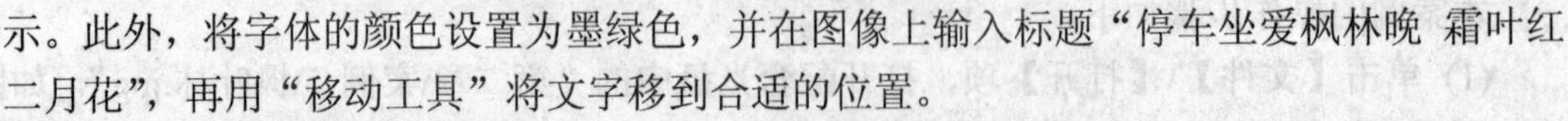

图 2-45 "文字工具"属性栏

(5) 拖动鼠标，选取"霜叶红于二月花"，并单击"文字工具"属性栏中的 按钮，将样式设置成图 2-46 所示。确定后即可得到如图 2-40 所示的效果。

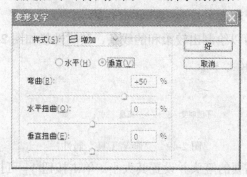

图 2-46　设置字体样式

三、相关练习

(1) 应用本节学过的知识，将配套光盘中的"第二章\案例 5\点点星光.jpg"编辑成该目录下"点点情.jpg"的效果，如图 2-47 所示。

图 2-47　点点星光

(2) 打开配套光盘中"第二章\案例 5\水彩画.jpg"，如图 2-48 所示，仿照其效果自己制作一幅水彩画。(注意新建灰度文件)

图 2-48　水彩画

四、案例讨论

(1) 怎样添加画笔的样式?

(2) "画笔工具"属性栏中的"模式"跟"修复画笔工具"属性栏中的"模式"有什么异同?

(3) 讨论"画笔工具"属性栏中各选项的作用。

五、案例小知识

1．"画笔工具"和"铅笔工具"

(1) 画笔工具 ✐：可以绘制出较柔和的线条，其属性栏如图 2-49 所示。

画笔工具的样式和模式

画笔面板按钮

图 2-49 "画笔工具"属性栏

● 画笔：用于选择需要的笔头并设置其大小。单击按钮 ⫶ 可打开一个面板菜单，再单击其中的按钮 ⊙ 又会弹出一个子菜单，如图 2-50 所示，在该菜单中可添加其他类型的画笔。

● 模式：用于设置笔头和图像的颜色合成效果。

● "不透明度"和"流量"：均用于设置画笔的透明性。

● 画笔面板按钮 ▤：单击可弹出如图 2-51 所示的画笔面板，在该面板中可对画笔做进一步的设置。

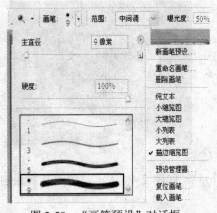

图 2-50 "画笔预设"对话框

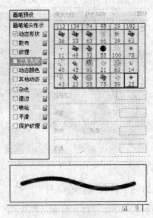

图 2-51 画笔面板

(2) 铅笔工具 ✐：用于绘制一些棱角突出的硬边效果的线条。(注：按住 ✐ (画笔工具) 按钮片刻可弹出该工具。) 该工具的使用方法跟"画笔工具"类似，这里就不再进行详细介绍。图 2-52 和图 2-53 所示分别是用这两种工具画出的线条。

图 2-52 "画笔工具"所画线条

图 2-53 "铅笔工具"所画线条

2．色调调和工具

"减淡工具" ✎、"加深工具" ✊ 和"海绵工具" ◖ 统称为色调调和工具，均用于图像的细节修正。它们的使用方法都很简单，单击相应按钮后系统就会自动弹出其属性栏，设置好参数后，在图像上单击就可以得到相应的效果。

(1) "减淡工具" ✎ 和"加深工具" ✊：用于改变图像特定区域的曝光度，使图像变亮或变暗，其属性栏如图 2-54 所示。

(a) "减淡工具"属性栏

(b) "加深工具"属性栏

图 2-54　属性栏

● 范围：此项中共有三种方式，即暗调、中间调和高光，分别对图像的较暗区域、中间调区域和高亮度区域起作用。

　● 曝光度：设置操作对图像的改变程度，曝光度越大，亮化或暗化的效果越明显。

(2) 海绵工具 ●：用于调整图像的色调饱和度，其属性栏如图 2-55 所示。

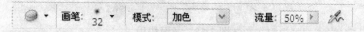

图 2-55　"海绵工具"属性栏

● 模式：有"加色"和"去色"两种模式，决定着图像的色彩变化。

● 流量：其参数值越大，调整图像饱和度的效果就越明显。

3. 文字工具

"文字工具" T：用于在图像中输入文字。

六、案例拓展——漂亮的泡泡

图 2-56　没泡的原始图　　　　　　　　图 2-57　漂亮的泡泡

案例点化：

(1) 打开配套光盘中的"第二章\案例 5\没泡的原始图 .jpg"，如图 2-56 所示。

(2) 在新图层中用"椭圆工具"画一正圆，适当设置其羽化值(参考值为 3)，并用"颜料桶工具"填充为绿色。

(3) 选择"橡皮擦工具"，调整状态栏的参数，尤其是注意设置不透明度的数值。涂抹泡泡的中间部分，直至泡泡中间部分出现合适的透明效果。

(4) 将前景色设置为白色，并用画笔涂抹出高光部分。

(5) 复制该图层并用缩放工具调整，便可得到大小不同的多个泡泡。最终效果如图 2-57 所示。

案例6　圣诞快乐

一、案例效果与主要工具

图 2-58　圣诞快乐

用到的主要工具：渐变工具、图形工具、文字工具和橡皮擦工具。

二、案例操作

本案例的操作步骤如下：

(1) 单击【文件】\【新建】项，新建一个 500 像素×500 像素的图像文件。

(2) 单击工具箱中的"渐变工具"　，并设置其属性栏，如图 2-59 所示。在该属性栏中，单击按钮　可弹出渐变编辑器对话框，如图 2-60 所示。在该对话框中，可以使用预设置或自定义的颜色渐变效果。选择好渐变方式和渐变色彩后单击"好"按钮。然后在图像编辑区内按住鼠标左键，从左上角向右下角拖曳，即可制作出渐变的彩色背景，其效果如图 2-61 所示。

渐变色彩　　　渐变方式

图 2-59　"渐变工具"属性栏

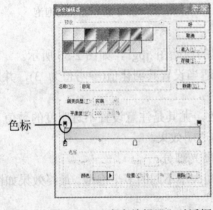

图 2-60　"渐变编辑器"对话框

图 2-61　渐变效果

(3) 单击工具箱中的"图形工具"　□　并设置其属性栏，如图 2-62 所示。按 Ctrl+' 键显示网格，并将前景色改成绿色。在图像编辑区内按住鼠标左键，拖曳出一个三角形，在适当的位置再画两个三角形。然后将前景色改成黑色，并改用"矩形工具"，拖曳鼠标，画出树茎，即得到了圣诞树，如图 2-63 所示。

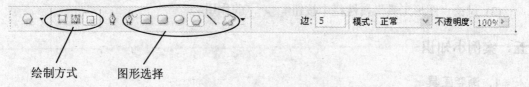

图 2-62　"图形工具"属性栏

(4) 改变图形的样式、颜色、大小，在圣诞树图像上绘制出不同形状的图形，以对圣诞树进行装饰，其效果如图 2-64 所示。

图 2-63　圣诞树

图 2-64　装饰圣诞树

(5) 单击工具箱中的"文字工具"　T，在其弹出的属性栏中调整各项参数，如图 2-65 所示(字体的颜色设置为黑色)，在图像上输入标题"圣诞快乐"，用"移动工具"移到适当的位置，并调整文字的样式。

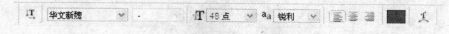

图 2-65　"文字工具"属性栏

(6) 单击工具箱中的"橡皮擦工具"　，并设置其属性栏，如图 2-66 所示。在图像上单击鼠标左键数次，制作雪花飘飞的效果，即可得到如图 2-58 所示的效果。

图 2-66　"橡皮擦工具"属性栏

三、相关练习

打开配套光盘中的"第二章\案例 6\中国剪纸.jpg"，并仿照该图制作出一个类似的图像效果。

四、案例讨论

(1) 讨论在"渐变编辑器"中怎样编辑色条，如何增加和减少色标。

(2) 讨论"橡皮擦工具" 属性栏中的"抹到历史记录"的意义。

(3) 讨论"图形工具"属性栏中按钮 的作用。

五、案例小知识

1．渐变工具

"渐变工具 "是一种色彩填充工具，可用于创建多种颜色的逐渐混合。单击工具箱中的 按钮后，在菜单栏的下方会自动弹出其属性栏，如图 2-59 所示，在其属性栏中可以设置各种选项，调整各项参数。设置完成后将光标放置在图像内拖曳，可编辑出自己喜欢的两种甚至更多的颜色的渐变效果。

2．图形工具

"图形工具" 主要用于在图像中绘制规则或不规则的图形，其属性栏如图 2-62 所示。

绘制方式：用于设置图形的绘制方式。单击 按钮，则绘制图形后，即创建一个新图层；单击 按钮，则绘制的图形只是一个工作路径；单击 按钮，则可直接将图形绘制在当前图层上。

3．橡皮擦工具组

橡皮擦工具组不仅可以用来擦除图像中不需要的部分，还可以进行填充、选择等操作。它包括"橡皮擦工具" 、"背景橡皮擦工具" 和"魔术橡皮擦工具" 。

六、案例拓展——球体制作

图 2-67　球体

案例点化：

(1) 新建文件，用"椭圆选框工具"画一正圆选区。

(2) 设置渐变颜色(白色、灰色)和类型，并对选区进行径向渐变填充。

(3) 用"减淡工具"(设置状态栏的各参数)涂抹球体的右方下，做出高光效果。

(4) 在新图层中制作阴影，并用"椭圆选框工具"画椭圆选区(可适当羽化)，再执行【编辑】\【变换】\【旋转】命令，将选区旋转至合适位置，并用"减淡工具"(也可用"橡皮擦工具")对阴影区进行修整。

(5) 利用【图像】\【调整】\【色阶】项来调整球体的色阶，可得到更好的效果。最终效果如图 2-67 所示。

案例7　小　花　瓶

一、案例效果与主要工具

图 2-68　小花瓶

用到的主要工具：钢笔工具、路径选择工具、缩放工具和抓手工具。

二、案例操作

本案例的操作步骤如下：

(1) 单击【文件】\【新建】项，新建一个 500 像素×500 像素的图像文件，并按 Ctrl+' 键显示网格。

(2) 单击工具箱中的"钢笔工具" ，并设置其属性栏，如图 2-69 所示。在图像区域里的绘图起点处单击，即出现一个方点(锚点)，然后按花瓶的宽度再到下一处单击，可看到，除了出现方点外，还和第一个方点之间有了一条连线，按此法绘制出如图 2-70 所示的倒置三角形，即为花瓶的雏形。(注：当钢笔从最后一点移动到第一点的时候，钢笔的旁边会出现一个小圆圈，单击该点即构成了一条封闭的路径。)

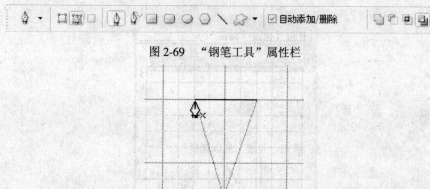

图 2-69　"钢笔工具"属性栏

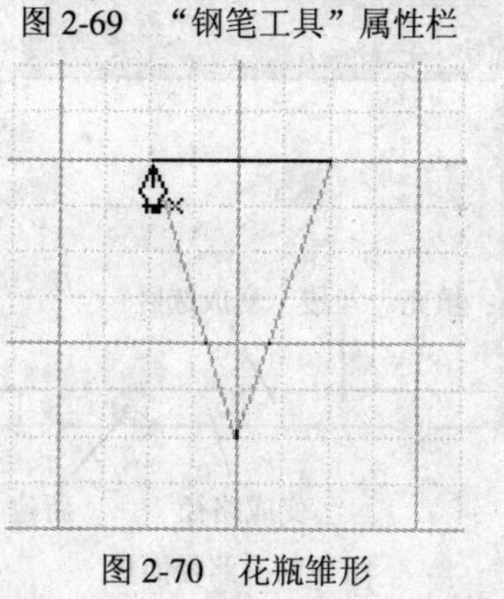

图 2-70　花瓶雏形

(3) 单击"添加锚点工具" 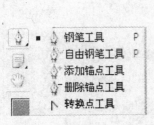(如图 2-71 所示)，将钢笔移动到线段中间(瓶颈处)，"钢笔工具"的旁边就会出现一个小加号，单击鼠标左键，可以增加一个锚点，如图 2-72 所示。

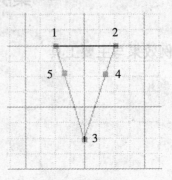

图 2-71　添加锚点工具　　　　　　　图 2-72　增加锚点

(4) 单击"转换点工具" Ｎ (见图 2-71)，将鼠标移到锚点 3，再按住鼠标左键拖动，就可以将线段 3-4 和 3-5 转换成一条平滑的曲线段，如图 2-73 所示。

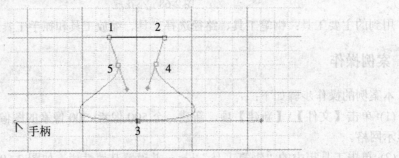

图 2-73　制作花瓶

(5) 在图形区域内任意处单击鼠标左键，手柄就会消失，单击【窗口】\【路径】项显示路径面板，如图 2-74 所示，并将前景色设置为黑色，然后单击"勾边"按钮，将轮廓涂为黑色，再将前景色改为红色，并单击"填充"按钮，即得到了一个红色的小花瓶。此外，还可以选择"减淡工具" ，并在小花瓶上单击做出反光的效果。

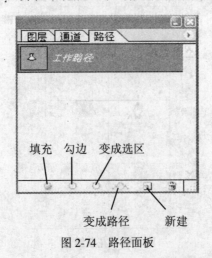

图 2-74　路径面板

(6) 单击工具箱中的"缩放工具"🔍，并将鼠标移到图像区域，鼠标即变成放大镜形状(⊕)。若单击鼠标左键，则图像的显示会放大一倍，单击鼠标 4 次，使显示比例为 400%。再单击"抓手工具"✋，并将鼠标移到图像区域，同时拖动左键显示空白部分(请注意导航器的变化，如图 2-75 所示)，这样勾勒小花朵形状时会比较容易编辑。

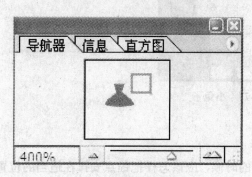

图 2-75　导航器面板

(7) 用"钢笔工具"按照步骤(2)、(3)、(4)的方法，勾勒出小花朵的形状，如图 2-76 所示。

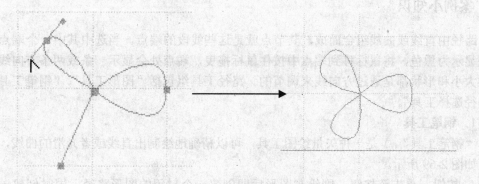

图 2-76　勾勒花朵形状

(8) 单击工具箱中的"缩放工具"🔍，并将鼠标移到图像区域，按住 Alt 键不放，鼠标会变成放大镜形状(⊖)，单击左键则图像的显示比例会缩小，将显示比例设置为 100%。然后，单击工具箱中的"路径选择工具"➤，并将鼠标移到小花朵路径的左上角，按住鼠标左键拖动到小花路径的右下角将小花朵路径选中，再将小花朵路径移到花瓶颈处。

(9) 按照步骤(5)的方法，给小花填充上喜欢的颜色，至此，小花瓶就制作完成了。最终效果如图 2-68 所示。

三、相关练习

(1) 打开配套光盘中的"第二章\案例 7\小兔子.jpg"，用钢笔工具勾勒出小兔子的形状，并填充上喜欢的颜色，如图 2-77 所示。

(2) 打开配套光盘中的"第二章\案例 7\红酒杯.jpg"，用钢笔工具勾勒出红酒杯的形状，如图 2-78 所示。

图 2-77　小兔子

图 2-78　红酒杯

四、案例讨论

(1) 在勾勒图像雏形的时候，应该怎样把锚点安排在适当的位置，以方便后面的编辑？

(2) 怎样利用多边形工具更方便地编辑出符合要求的图形？

(3) 讨论"转换点工具" ▷ 的使用。

五、案例小知识

路径由直线或曲线组合而成，其节点就是这些线段的端点。当选中其中一个端点时，端点显示为黑色，将鼠标移到端点中按住鼠标拖曳，端点处会显示一条或两条方向线，路径的大小和形状都是通过方向线来调节的。路径工具组包括"图形工具"、"钢笔工具"和"路径选择工具"。

1. 钢笔工具

"钢笔工具" ♦ 是一种矢量绘图工具，可以精确地绘制出直线或者光滑的曲线，其属性栏如图 2-69 所示。

▯ 按钮：单击该按钮，则绘制图形后即创建一个封闭的图形路径，同时创建一个新图层。

▨ 按钮：单击该按钮，则绘制的图形只是一个工作路径。

▯ 按钮：单击该按钮，则直接将图形绘制在当前图层上。

用"钢笔工具"可以绘制直线或曲线两种路径，其方法如下。

▲ 绘制直线路径：

① 单击工具箱中的 ♦ 按钮，然后将光标放置在图像上单击鼠标左键，确定每个节点。

② 移动鼠标至合适的位置单击，确定下一个节点。

③ 依次继续单击确定节点。

④ 如果需要绘制一个封闭的路径，那么在需要闭合时，将光标移动到第一个节点处时在光标的下方会出现一个小圆环，单击鼠标左键结束。

▲ 绘制曲线路径：

① 单击工具箱中的 ♦ 按钮，然后将光标放置在图像上单击设置第一个点；

② 将光标移动到预定位置单击，同时按住鼠标左键不放，向弯曲沿伸的方向拖曳鼠标，即可确定下一个节点。

2．路径选择工具

"路径选择工具" ▶ 用于选择一个或多个路径，并对路径进行移动、排列、组合等操作，其属性栏如图 2-79 所示。

可将选中的两条路径进行相
应的组合而成为一个路径　　　　　　各种水平和垂直排列方式

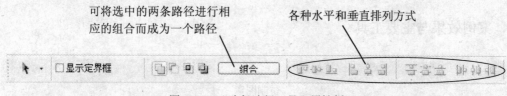

图 2-79　"路径选择工具"属性栏

六、案例拓展——翻页效果

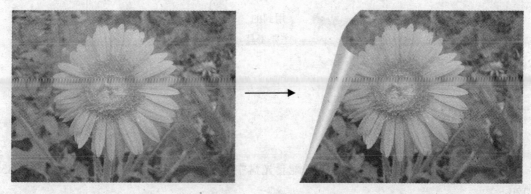

图 2-80　翻页效果

案例点化：

(1) 用"钢笔工具"勾勒整个图像的轮廓，并用"转换点工具"和"路径选择工具"修整路径，如图 2-81 所示。

(2) 将路径转换成选区，并粘贴到一新图层中。

(3) 将背景图层隐藏，并用"钢笔工具"将翻页部分勾勒出来，如图 2-82 所示。

图 2-81　修整路径

图 2-82　翻页部分路径图

(4) 将路径转换成选区，并选择"渐变工具"，设置渐变的颜色为 ▭ ，再新建一图层，在新图层中填充渐变色，同时适当调整该图层的不透明度。最终效果如图 2-80 所示。

案例8 浪漫雪景

一、案例效果与主要工具

图 2-83 雪景 ———仿制图章工具、历史记录画笔工具 用到的主要工具———→ 图 2-84 浪漫雪景

二、案例操作

本案例的操作步骤如下：

(1) 单击【文件】\【打开】项，打开配套光盘中的"第二章\案例 8\雪景.jpg"，如图 2-83 所示。

(2) 单击工具箱中的"仿制图章工具" ，并设置其属性，如图 2-85 所示。

图 2-85 "仿制图章工具"属性栏

(3) 按住 Alt 键不放，并将鼠标移至图像的人物处(鼠标形状变成⊕)单击左键。再松开 Alt 键，并将鼠标移到图像的右上角，按住鼠标左键拖动，即可以看到复制的人物图像。

(4) 虽然人物复制出来了，但不能跟背景很好地吻合，单击工具箱中的"历史记录画笔工具" ，将鼠标移到多余的图像处，按下鼠标左键，把多余的部分擦掉。最终效果如图 2-84 所示。

三、相关练习

将配套光盘中"第二章\案例 8"目录下的"小猫.jpg"和"美味.jpg"编辑成该目录下 "美味小猫.jpg"的效果。

四、案例讨论

(1) 讨论"历史记录画笔工具" 与"橡皮擦工具" 的区别。
(2) 讨论"仿制图章工具" 与"修复画笔工具" 的区别。

五、案例小知识

1．仿制图章工具

"仿制图章工具" 可以进行图像元素的复制，又称为橡皮图章工具。其使用方法与"修复画笔工具" 类似。单击工具箱中的 按钮，在弹出的属性栏(图 2-85)中调整各项参数，选取合适的笔头，然后将光标放置在图像上，按住 Alt 键的同时单击，可以定义采样点，之后在图像的其他位置处拖曳鼠标，即可复制采样点图像。

2．历史记录艺术工具

"历史记录艺术工具" 是基本笔型的扩展类型，可以通过笔型的形状、大小、角度、硬度、间隔等调整笔型的状态。

3．历史记录画笔工具

"历史记录画笔工具" 结合历史记录面板使用，主要功能是将图像中新绘制的部分恢复到历史记录面板中的初始状态，优点在于可以有选择地去掉多余部分的操作。

六、案例拓展——双色扭曲图

图 2-86　双色扭曲图

案例点化：

(1) 打开配套光盘中的"第二章\案例 8\枫叶.jpg"，执行【滤镜】\【扭曲】\【水波】命令，并设置合适的参数。

(2) 执行【图像】\【调整】\【去色】命令。

(3) 打开历史记录面板，将历史记录定位在"水波"状态，再选择"历史记录画笔"工具，并将其属性设置为画笔 300，在图像的中间部分涂抹。

(4) 将历史记录定位在"打开"状态，并在步骤(3)已涂抹的位置继续涂抹，注意涂抹范围要比步骤(3)的稍微小些。最终效果如图 2-86 所示。

综 合 练 习

一、判断题

1．确认变形后的文字将无法恢复原状。（   ）

2．用户可以使用"文字工具"在图像中的任何位置创建横排或竖排的文字。（   ）

3．要增加选取范围，只要在选取一个范围后，使用"矩形选框工具"，并按下 Alt 键进行选取即可。（   ）

二、选择题

1．下面对"模糊工具"功能的描述，正确的是(   )。

A．"模糊工具"只能使图像的一部分边缘模糊

B．"模糊工具"的强度是不能调整的

C．"模糊工具"可降低相邻像素的对比度

D．如果在有图层的图像上使用"模糊工具"，只有选中的图层才会起变化

2．扩大选区，可以按键盘上的(   )键配合。

A. Ctrl   B. Shift   C. Alt   D. Ctrl+Shift

3．"多边形工具"工具栏中的"边"文本框用于设置所绘制的多边形边数，当边数为 100 时，绘制出来的形状是一个(   )。

A．圆   B．矩形   C．圆角矩形   D．正方形

三、填空题

1．写出三个常用的选择工具：＿＿＿＿＿＿、＿＿＿＿＿＿、＿＿＿＿＿＿。

2．在套索工具组中包含了＿＿＿＿＿、＿＿＿＿＿、＿＿＿＿＿三种套索类型。

3．按键盘中的＿＿＿＿＿键，可以将前景色和背景色分别设置为系统默认的白色和黑色。

四、简答题

1．简述"仿制图章工具"的使用方法。

2．如何设置网格、标尺和参考线？

第三章 图层的应用

本章
导读

　　图层的应用是 Photoshop 软件中必不可少的功能，熟练掌握这些功能将使你在图像处理中得心应手。图层好比一张透明的纸，我们在几张透明纸上分别作画，然后将这些透明的纸按一定次序叠加在一起，它们即共同组成了一幅完整的图像。当制作一幅难度大、精确度高的图像时，就能更加体现出使用图层的优越性。在进行具体案例制作前，我们先对图层以及图层调板作一介绍。

　　(1) 图层。我们可以将图层理解为一张透明的纸，而图像的各部分内容即绘制在不同的图层上，通过这层纸，可以看到后面的东西，如图 3-1 所示。

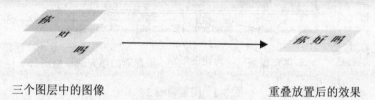

三个图层中的图像　　　　　　　　　　重叠放置后的效果

图 3-1　图层

　　图层分为五种类型，即普通图层、背景图层、调节图层、文本图层和形状图层，如图 3-2 所示。

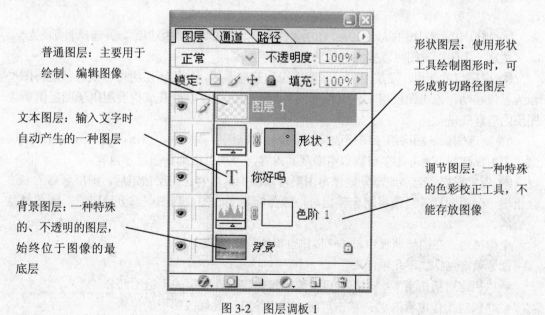

普通图层：主要用于绘制、编辑图像

文本图层：输入文字时自动产生的一种图层

背景图层：一种特殊的、不透明的图层，始终位于图像的最底层

形状图层：使用形状工具绘制图形时，可形成剪切路径图层

调节图层：一种特殊的色彩校正工具，不能存放图像

图 3-2　图层调板 1

　　(2) 图层调板。使用图层时经常会用到图层调板，其中列出了图像中的所有图层、图层组和图层效果。使用图层调板上的按钮可以完成许多任务，如创建、隐藏、显示、拷贝和删除图层等。图层调板上的相关命令和选项如图 3-3 所示。

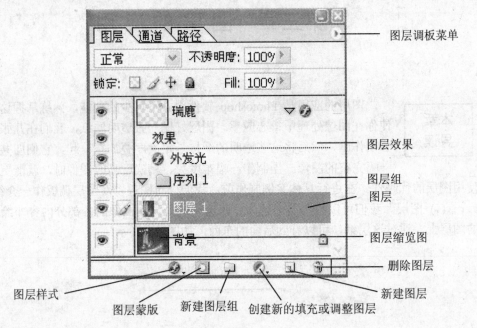

图 3-3　图层调板 2

　　对图层调板可进行如下的操作：

　　① 显示图层调板。选取【窗口】\【图层】项即可显示图层调板。

　　② 使用"图层调板菜单"。单击图层调板右上角的三角形按钮 ⊙ 可以显示处理图层的命令。

　　③ 更改图层缩览图的大小。从"图层调板菜单"中选取"调板选项"，并选择缩览图大小。

　　注意：关闭缩览图可以提高性能和节省显示器空间。

　　④ 图层组的使用。图层组可以帮助组织和管理图层，使用图层组可以很容易地将图层作为一组移动，点击图层组文件夹左边的三角形按钮，可以展开或折叠应用于图层组所含图层的所有效果。

　　⑤ 更改图层、图层组或图层效果的可视性。在图层调板中，点击图层、图层组或图层效果旁的眼睛图标 ● 可在文档窗口中隐藏其内容，再次点击则重新显示内容。

　　⑥ 锁定图层。全部或部分地锁定图层可以保护其内容。图层锁定后，图层名称的右边会出现一个锁图标。当图层完全锁定时，锁图标是实心的；当图层部分锁定时，锁图标是空心的。

　　全部锁定：在图层调板中单击 🔒 按钮可将图层全部锁定。

　　部分锁定包括如下几项：

- "锁定透明像素" ☐：单击可将编辑操作限制在图层的不透明部分。
- "锁定图像像素" ✐：单击可防止使用绘画工具修改图层的像素。
- "锁定位置" ✛：单击可防止移动图层的像素。

案例1 海鸥，我们的朋友

一、案例效果与主要工具

利用"新建图层"命令在背景图像中添加小狗和花环，并用"变换"命令调节大小和位置

图像的背景

将花环分割并调节图层的叠放顺序得到效果图

图3-4　效果图

二、案例操作

本案例的操作步骤如下：

(1) 单击【文件】\【打开】项，打开配套光盘中"第三章\案例1"中的"海滩.jpg"、"花环.gif"和"小狗.jpg"三个图像文件。

(2) 选取工具箱中的"磁性套索工具" ，将"小狗.jpg"中的小狗选中。再执行【选择】\【羽化】命令，在弹出的对话框中将羽化半径设置为1，使选区边缘模糊，按 Ctrl+C 键复制图像。

注意：可以通过消除锯齿或羽化来使硬边缘平滑。

(3) 单击"海滩.jpg"图像窗口的任意处，使之变成活动窗口，并单击图层调板中的"新建图层"按钮，新建一个图层。然后按 Ctrl+V 键将小狗粘贴到该图像中，并按 Ctrl+T 键将小狗调整到适当的大小和位置。

(4) 双击图层名，将"图层1"改为"小狗"，如图3-5所示。

注意：Ctrl+T 键是自由转换命令，可以对图像进行缩放、旋转、斜切、透视、扭曲等多种变换。

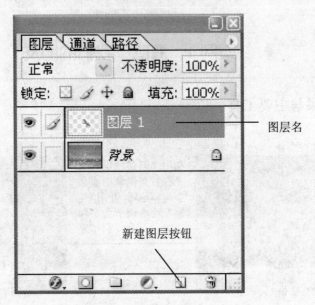

图 3-5　图层改名

(5) 单击"花环.jpg"图像窗口的任意处，按住 Ctrl 键的同时，单击图层调板中的"索引"图层，如图 3-6 所示，这时花环就被选取了。

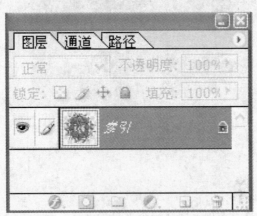

图 3-6　图层调板 3

注意：按住 Ctrl 键的同时，在图层调板中单击相应图层，可以选取该图层的全部像素。

(6) 重复(2)、(3)步骤将花环添加到"海滩.jpg"图像中，并调整形状。(注：利用"斜切"和"扭曲"工具使花环呈倾斜状)。将图层名改为"花环"。

(7) 用"套索工具" ⌀ 将花环的上部选中，如图 3-7 所示。并将选区羽化值设为 1 像素。按 Ctrl+X 键将图像剪切到剪贴板里，再按 Ctrl+V 键，即将该剪切的图像粘贴到了一个新的图层里，将新图层改名为"花环 1"。

(8) 在图层调板中，将"花环 1"图层向下拖移，当突出显示的线条出现在"小狗"图层之下的位置时，松开鼠标按钮。这时，花环就"套在"小狗的脖子上了，如图 3-8 所示。

图 3-7　选取的花环　　　　　　　　　图 3-8　小狗脖子上套花环

（9）单击"图层调板菜单"中的"合并可见图层"项，将所有可见图层合并为一个图层。至此，就可得到图 3-4 所示的效果。

注意：合并图层有助于管理图像文件的大小。

三、案例练习

利用本节学过的知识，将配套光盘中"第三章\案例 1\练习题"文件夹里的素材(3 个 JPG 文件)制作成"效果图.psd"。

四、案例讨论

（1）讨论在图像编辑中使用图层的好处。

（2）怎样新建和删除一个图层？

（3）如何合并两个图层？

（4）如何选取图层内的所有像素？

五、案例小知识

1. 新建图层

图层的新建有多种方法，Photoshop 在执行某些操作时会自动创建新图层。例如，当在进行图像粘贴或者在创建文字时，系统会自动为粘贴的图像或文字创建新图层(如本案例中花环的粘贴)，也可以执行下列操作之一来创建新图层：

（1）执行【图层】\【新建】\【图层】命令，弹出"新图层"对话框，如图 3-9 所示。

（2）从"图层调板菜单"中选取"新图层"项。

（3）单击图层调板中的"新建图层"按钮，在当前选中的图层上添加图层。

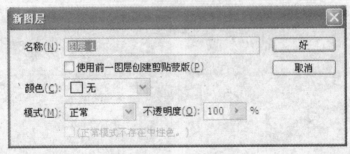

图 3-9　"新图层"对话框

2. 设置图层

图层设置中包含了如下选项(见图 3-9)：

(1) 名称：可指定图层或图层组的名称。

(2) 使用前一图层创建剪贴蒙版：可创建剪贴组。

(3) 颜色：可为图层或图层组指定颜色。

(4) 模式：可为图层或图层组指定混合模式。

(5) 不透明度：可为图层或图层组指定不透明度。

3. 删除图层

删除图层有如下两种方法：

(1) 在图层调板上单击"删除图层"按钮就可以把当前图层删除。

(2) 在某一要删除的图层上单击鼠标右键，在弹出的菜单中选择"删除图层"项即可删除图层。

4. 当前图层

单击某一图层即可使其成为当前图层，且一次只能有一个图层成为当前图层，但如果图像有多个图层，则在选取了要编辑的图层后，对图像所做的任何更改都只影响当前图层。当前图层的名称会显示在文档窗口的标题栏中，并且图层调板中该图层的旁边会出现画笔图标 ✎。

注意：如果在使用工具或应用命令后没有获得所希望的结果，则可能是没有选择正确的图层。应检查图层调板，确保当前图层是需编辑的图层。

5. 更改图层顺序

在图层调板中，将图层或图层组向上或向下拖移，当突出显示的线条出现在要放置图层或图层组的位置时，松开鼠标按键，即可更改图层的排放顺序。

6. 合并两个或多个图层

将要合并的图层在图层调板中并排放置在一起，并确保这些图层的可视性都已启用，然后执行下列操作之一即可将图层合并：

(1) 从"图层"菜单或"图层调板菜单"中选取"向下合并"。

(2) 从"图层调板菜单"中选取"合并可见图层"。

7. 重命名图层

在图层调板中双击图层的名称，并输入新名称。

8. 移动图层

在图层调板中单击某一图层，将该图层设置为当前图层，然后在工具箱中选择"移动工具" ▸⊕，并按下鼠标左键直接拖动即可。

六、案例拓展——奥运会五环标志

图 3-10 奥运五环

案例点化：

(1) 打开配套光盘中的"第三章\案例 1\奥运会五环原图.psd"（图 3-11），并用"移动工具" ▸⊕ 将各图层中圆环调整到合适的位置。

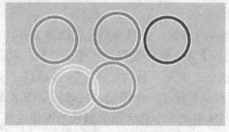

图 3-11 奥运五环原图

(2) 将"红"、"黑"、"蓝"三个图层链接，并对齐链接图层，再用同样的方法对齐"绿"、"黄"两个图层。然后按住 Ctrl 键单击"黄"图层选中黄色圆环，并选择"椭圆选框工具"，将状态栏中的选区类型设置为"减小选区"，用椭圆工具减选选区，如图 3-12 所示，再将"蓝"图层设为当前编辑图层，按 Delete 键删除选区内容，得到如图 3-13 所示的效果。

图 3-12 过程图(1)　　　　　　　　　　图 3-13 过程图(2)

(3) 用同样的方法制作其他圆环，最后可得到奥运会的五环标志图，如图 3-10 所示。

案例 2 风之少女

图 3-14　风之少女

一、案例效果与主要工具

用到的主要工具：图层的复制、描边图层样式、图层的混合模式和图层不透明度的调整等。

二、案例操作

本案例的操作步骤如下：

(1) 新建一个 630 像素×420 像素，背景为白色的图像文件，并命名为“风之少女”。

(2) 单击【文件】\【打开】项，打开配套光盘中的“第三章\案例 2\背景鲜花.bmp”。按 Ctrl+A 键，将该图像全部选取，并用“移动工具”拖动到“风之少女”图像中。同时，在图层调板中，Photoshop 自动新建了一个图层，将该图层改名为“花”。

注意：用“移动工具”拖动一个选区图像到别的图像文件中，Photoshop 会复制选区图像并自动新建一个图层存放该选区图像。

(3) 选择“横排文字蒙版工具”，在属性栏中，将字体设置为隶书，字号设置为 72 号、加粗，并在图像中输入“风之少女”几个字，再单击属性栏中的提交按钮(✓)，即得到文字选区。

(4) 将文字选区移动到花朵的位置(这关系到文字的内部颜色)，按 Ctrl+J 键将文字选区复制到新图层中。(注：在图像中看不到变化，但在图层调板中多了一个图层。) 然后在图层调板中，单击“花”图层左边的眼睛()使此层不可见，将看到彩色的文字，如图 3-15 所示。

图 3-15　彩色文字

(5) 单击“图层样式”按钮，在弹出的菜单中选择“描边”，弹出“图层样式”对话框，如图 3-16 所示。在该对话框中，将大小设置为 2，颜色设置为#FCD756，然后单击“确定”按钮。

(6) 用“移动工具”将已描边的字拖到图像的左上角。

(7) 在图层调板中，单击“花”图层左边的小方框使此层眼睛()可见，并拖到适当的位置。同时，将图层的混合模式设置为“线性光”，如图 3-17 所示。

图 3-16　"图层样式"对话框　　　　　图 3-17　图层混合模式的设置

　　注意：图层的混合模式决定其像素如何与图像中的下层像素进行混合。本例中图像必须有白色的背景层才能得到理想效果。

　　(8) 打开配套光盘中的"第三章\案例 2\小女孩.jpg"，用"磁性套索工具" 将该文件中的女孩选取，并将选区羽化 1 个像素，再复制到"风之少女"图像中，然后双击图层名，将其改为"人物"。

　　(9) 将"人物"图层拖移到"新建图层"按钮 ，复制"人物"，得到新图层，即"人物副本"，再重复一次，得到"人物副本 2"。然后，调整这三个人物图层的位置，注意图层的叠放顺序。在没有调整之前的叠放顺序如图 3-18 所示。

图 3-18　三个人物图层

　　(10) 在图层调板的"不透明度"文本框中输入数值或拖移"不透明度"弹出式滑块，将"人物图层"的不透明度设置为 20%，"人物副本"图层的不透明度设置为 50%，即完成了效果图的制作。最终效果如图 3-14 所示。

　　注意：背景图层或锁定图层的不透明度是无法更改的。

三、相关练习

　　结合本节学过的知识，利用配套光盘中"第三章\案例 2\练习"文件夹里的素材制作出"一枝独秀.psd"的效果。(讨论水中倒影的制作方法)

四、案例讨论

(1) 当图像的图层较多时，如何确定某图层上的图像？

(2) 本案例中多次用到"移动工具" ，如何自动选择图层(移动鼠标指向的图层)？

(3) 结合本案例，为什么在复制"女孩"之前要将选区羽化 1 个像素？

五、案例小知识

1．复制图层

复制图层是在图像内或在图像之间复制内容的一种便捷方法。在图像内复制图层的步骤如下：

(1) 在图层调板中选择图层或图层组。

(2) 执行下列操作之一即可将图层复制：

① 将图层拖移到"新建图层"按钮 。

② 从"图层"菜单或"图层调板菜单"中选取"复制图层"，并在弹出的对话框中输入图层的名称，再单击"好"按钮。

2．图层样式

图层样式提供了许多各种各样的效果(如投影、内阴影、外发光和内发光、斜面和浮雕、光泽、颜色、渐变和图案叠加、描边等)，利用这些效果，可以迅速改变图层内容的外观。

● 投影：在图层内容的后面添加阴影。

● 内阴影：紧靠在图层内容的边缘内添加阴影，使图层具有凹陷效果。

● 外发光和内发光：添加从图层内容的外边缘或内边缘发光的效果。

● 斜面和浮雕：对图层添加高光与暗调的各种组合。

● 光泽：在图层内部根据图层的形状应用阴影，通常都会创建出光滑的磨光效果。

● 颜色、渐变和图案叠加：用颜色、渐变或图案填充图层内容。

● 描边：使用颜色、渐变或图案在当前图层上描画对象的轮廓，对于硬边形状(如文字)特别有用。

注意：对背景、锁定的图层或图层组不能应用图层样式中的效果。

对图层应用图层样式中的效果可采用下列方法之一：

(1) 单击图层调板中的"图层样式"按钮 ，并从列表中选取效果。

(2) 从【样式】\【图层样式】菜单中选取效果。

(3) 在图层调板中双击图层缩览图，并在弹出的对话框的左侧选择效果，右侧设置相应的参数。

3．图层的混合模式

图层的混合模式决定其像素如何与图像中的下层像素进行混合。使用混合模式可以创建各种特殊效果。

混合模式的选取方法有如下两种：

(1) 选择图层，然后在图层调板中的"混合模式"弹出式菜单中选取选项。

(2) 选择图层，然后双击图层缩览图或选取【图层】\【图层样式】\【混合选项】，或从"图层调板菜单"中选取"混合选项"，再从"混合模式"弹出式菜单中选取选项。

4．图层的不透明度

图层的不透明度决定着它遮蔽或显示其下面图层的程度。不透明度为 1% 的图层几乎是透明的，而透明度为 100% 的图层则的完全不透明。

调整图层的不透明度的方法有如下两种：

(1) 选择图层，然后在图层调板的"不透明度"文本框中输入数值，或单击"不透明度"右边的三角箭头拖移弹出式滑块。

(2) 选择图层，然后双击图层缩览图或选取【图层】\【图层样式】\【混合选项】，或从"图层调板菜单"中选取"混合选项"，再在"不透明度"文本框中输入数值或拖移"不透明度"弹出式滑块。

六、案例拓展——立体金属字

图 3-19 立体金属字

案例点化：

(1) 新建文件，将背景设置为黑色。

(2) 输入文字，将前景色设置为 #CB9911。然后执行【图层】\【图层样式】\【混合选项】命令，在弹出的对话框中对"斜面和浮雕"选项进行设置，参考数值如图 3-20 和图 3-21 所示，完成后便可得到图 3-19 所示的效果。

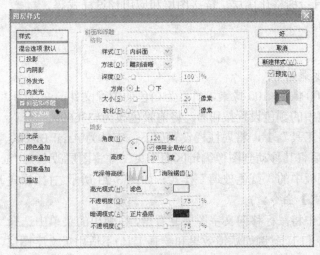

图 3-20 "图层样式"对话框

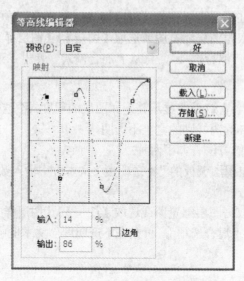

图 3-21　"等高线编辑器"对话框

案例 3　水 晶 图 标

一、案例效果与主要工具

图 3-22　水晶图标

用到的主要工具：栅格化图层、链接图层和应用预设样式等。

二、案例操作

本案例的操作步骤如下：

(1) 新建一个 300 像素×100 像素，背景为白色的图像文件，命名为"icon"。

(2) 单击工具箱中的颜色设置按钮█，将前景色改为#336699。

(3) 选取"文字工具"T，将属性栏设置如下：字体为 Arial Black，字号为 100，并输入字符"icon"。然后将其移动到图像编辑区的中央，并将图层改名为"icon"。

(4) 单击样式调板中的"蓝色玻璃"样式，如图 3-23 所示。(如样式调板没有显示，则执行【窗口】\【样式】命令。)

(5) 在图层面板中将鼠标移向文字图层并右击，在弹出的菜单中选择"栅格化图层"项。

注意：某些命令和工具(例如滤镜效果和绘画工具)不适用于文字图层，栅格化可将文字图层转换为正常图层。

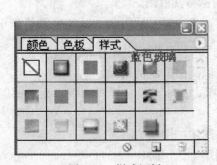

图3-23　样式调板

图3-24　图层调板

(6) 单击工具箱中的"橡皮擦工具" ，将字符"O"擦除。

(7) 打开配套光盘中的"第三章\案例 3\苹果.jpg"，用"魔术棒工具"将图标选取，并复制到 icon 图层中，再按 Ctrl+T 键将图标调整到适当的大小和位置。

(8) 在图层调板中单击图层 icon 前的小方框，将图层链接，如图 3-24 所示。

(9) 单击"图层调板菜单"按钮 ，选择"合并链接图层"项，效果图即完成，如图 3-22 所示。

三、相关练习

利用本节学过的知识，将配套光盘中"第三章\案例 3\练习"文件夹里的素材做成"butterfly.psd"的效果图。

四、案例讨论

(1) 在用"橡皮擦工具" 擦除文字时，为什么要先将图层栅格化？

(2) 如果样式调板中没有需要的样式，应该怎么办？

五、案例小知识

1．栅格化图层

对于包含矢量数据(如文字图层、形状图层和矢量蒙版)和生成数据(如填充图层)的图层，不能使用绘画工具或滤镜。这时，可以栅格化这些图层，将其内容转换为平面的光栅图像。

栅格化图层的方法有如下两种：

(1) 选中图层，然后选取【图层】\【栅格化】，并从子菜单中选取选项。

(2) 选中图层，然后在图层调板中要栅格化的图层上单击鼠标右键，从弹出的菜单中选择"栅格化图层"选项。

2．链接图层

将两个或更多的图层或图层组链接起来，它们的内容就可以一起移动了。对所链接的图层还可以进行拷贝、粘贴、对齐、合并、应用变换和创建剪贴组等操作。

(1) 链接图层。在图层调板中选择图层，单击要链接到所选图层的任意图层左边的小方框，列中会出现链接图标⬚。

(2) 取消链接图层。在图层调板中点击链接图标将其取消。

3．预设样式

存储自定"样式"后，该样式即成为预设样式。预设样式出现在样式调板中，通过点击鼠标即可应用。Photoshop 提供了各种预设样式以满足广泛的用途。

(1) 对图层应用预设样式。选取【窗口】\【样式】项可显示样式调板，而对图层应用预设样式，则执行下列操作之一：

① 在样式调板中单击一种样式以应用于当前选中的图层。

② 将样式从样式调板拖移到图层调板中的图层上。

③ 将样式从样式调板拖移到文档窗口，当鼠标指针位于希望应用该样式的图层内容上时，松开鼠标按钮。

注意：在单击或拖移时按住 Shift 键，可将样式添加到(而不是替换)目标图层上的任何现有效果中。

④ 在图层调板中双击图层缩览图，并在"图层样式"对话框中单击"样式"一词(对话框左侧列表中最上面的一项)，然后单击要应用的样式，并单击"好"按钮。

⑤ 使用形状或钢笔工具时，在绘制形状前，先从属性栏的弹出式调板中选择样式。

(2) 载入预设样式库。单击样式调板中的三角形按钮⑩，弹出样式调板，然后执行下列操作之一：

① 选取"载入样式"，向当前列表中添加库，然后选择要使用的库文件，并单击"载入"。

② 选取"替换样式"，用一个不同的库替换当前列表，然后选择想使用的库文件，并单击"载入"。

③ 选取库文件(显示在调板菜单的底部)，然后单击"好"按钮，替换当前列表，或者单击"追加"按钮追加当前列表。

(3) 返回到默认的预设样式库的操作步骤如下：

① 单击样式调板中的三角形按钮⑩，弹出样式调板。

② 选取"复位样式"项可以替换当前列表或者将默认库追加到当前列表。

六、案例拓展——彩虹字

图 3-25　彩虹字

案例点化：

(1) 新建一个 400 像素×200 像素，背景为黑色的 RGB 文档。

(2) 输入文字，并将文字图层栅格化。

(3) 按 Ctrl 键的同时用鼠标点击文字图层，再按 Delete 键。

(4) 选取渐变工具，选择渐变类型为"色谱"，然后在图层上拖动，即可得到图 3-25 所示的效果。

案例 4　透 明 按 钮

一、案例效果与主要工具

图 3-26　透明按钮

用到的主要工具：渐变叠加样式、斜面和浮雕样式、内阴影样式及投影和外发光样式等。

二、案例操作

本案例的操作步骤如下：

(1) 新建一个透明背景的图像文件，大小根据按钮的大小决定。

(2) 新建图层 2，选择"椭圆工具"并按住 Shift 键，拖动鼠标左键创建一个正圆形选区，再单击 D 键复位色板，用背景色填充选区。先不要取消选择，在按 Ctrl+X 键将选区图像复制到剪贴板上后，删除图层 2。

(3) 用 Ctrl+V 键将剪贴板中的白色圆形粘贴到图层 1 中，这样，白色圆形就会处于画布的正中，如图 3-27 所示。下面开始为按钮添加图层样式。

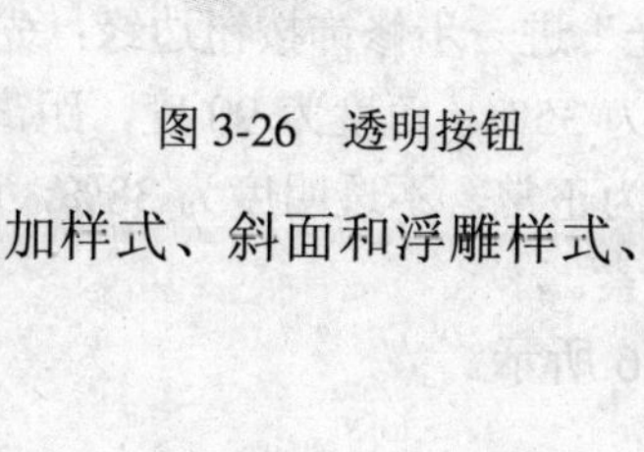

图 3-27　白色的圆形

(4) 为按钮添加基础的颜色：选择"渐变叠加"样式，将"混合模式"设为正常，"不透明度"为 100%，再单击"编辑渐变色"，将渐变的左端设为 RGB(225，138，25)，右端设为 RGB(255，255，255)，渐变样式为线性，角度为 123 度，缩放为 100%。

(5) 利用"斜面和浮雕"样式为按钮添加光泽：样式为内斜面，方法为平滑，深度为 100%，方向为上，大小为 20 像素，软化为 3 像素，阴影的角度为 120 度，取消全局光，高度为 73 度，暗调模式为颜色减淡，高光和暗调的其他各项设定保持不变，如图 3-28 所示。

图 3-28　添加样式后的按钮

(6) 利用"投影"和"外发光"进一步修饰按钮边缘：先选择投影样式，将投影颜色设为 RGB(146，90，1)，不透明度为 35%，角度为 90 度，距离和扩展为 0，大小为 2 像素；然后设置外发光样式，混合模式为正常，不透明度为 38%，颜色为 RGB(240，211，156)，发光方法为较柔软，大小为 5 像素。

完成后的最终效果如图 3-26 所示。

三、相关练习

利用本案例学到的知识，试编辑出配套光盘中"第三章\案例 4\椭圆按钮.psd"的效果。

四、案例讨论

如何修改图层样式的参数？

五、案例小知识

创建图层样式有下列几种方法：
(1) 单击图层调板中的"图层样式"按钮，并从列表中选取效果。
(2) 从【样式】\【图层样式】菜单中选取效果。
(3) 在图层调板中双击图层缩览图，并在对话框的左侧选择效果。

其中，"渐变叠加"样式可以在图层内容上填充一种渐变颜色，效果与在图层中填充渐变颜色的功能相同，与创建渐变填充图层的功能相似。而"斜面和浮雕"样式则可以制作出立体感的文字和图像。

注意：应用"渐变叠加"效果时，最重要的是要编辑一个好看的渐变颜色和选择一种渐变类型。

六、案例拓展——一轮弯月

图 3-29　一轮弯月

案例点化：

(1) 编辑从深蓝色到蓝色的渐变颜色，并在背景层填充该渐变色。

(2) 新建图层，并在新图层中画一轮弯月，也可在自定义形状工具中找到月亮的轮廓图案，转换成选区，并填充白色。

(3) 添加图层样式。外发光：颜色为白色，并设置适当的数值；内发光：颜色为纯白色，并设置适当的数值；渐变叠加：调整不透明度(参考值为 95%)，样式为径向，渐变色从淡灰色到纯白色；图案叠加：选择合适的图案(参考图案为绸光)。最后得到图 3-29 所示的效果。

案例5　彩色世界

一、案例效果与主要工具

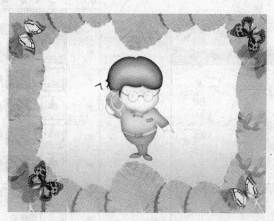

图 3-30　彩色世界

用到的主要工具：色彩平衡调整图层、曲线调整图层、亮度/对比度、调整图层、图层蒙版等。

二、案例操作

本案例的操作步骤如下：

(1) 单击【文件】\【打开】项，打开配套光盘中的"第三章\案例 5\黑白图.jpg"。

(2) 调整叶子的颜色。用"磁性套索工具" 将图像中的叶子选取，单击图层调板底部的"新建调整图层"按钮，并选取要创建的图层类型(色彩平衡)，随即弹出色彩平衡对话框。在该对话框中，在色阶中间的输入框中输入 100，右边的输入框中输入−23，这时图像的叶子变成黄绿色，再单击"确定"按钮。这时，图层调板中新增了一个"色彩平衡 1"图层，如图 3-31 所示。

图 3-31　图层调板 1

(3) 用步骤(2)的方法，分别调整人物的脸部、衣服、裤子的颜色。再次用"磁性套索工具" 将人物的头发选取，单击图层调板底部的"创建新的填充或调整图层"按钮，并选取要创建的图层类型(曲线)，拖动曲线，如图 3-32 所示，让人物头发的颜色更深。这时，图层调板中又新增了一个"曲线 1"图层，如图 3-33 所示。

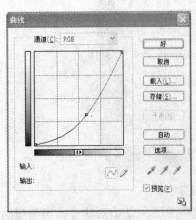

图 3-32　曲线

图 3-33　图层调板 2

(4) 调整背景的颜色。先按住 Ctrl 键并单击图层调板里的"色彩平衡 1"图层得到叶子选区，然后执行【选择】\【反选】命令，再用"磁性套索工具" 去掉人物，即得到背景选区。然后，单击图层调板底部的"创建新的填充或调整图层"按钮 ，并选取要创建的图层类型(渐变填充)，弹出渐变填充对话框，如图 3-34 所示。在该对话框中，单击渐变项设置渐变颜色条为：

颜色：#73A7F5，位置：0%；
颜色：#F8F65E，位置：50%；
颜色：#96F4CB，位置：100%

完成后单击"确定"按钮关闭对话框。

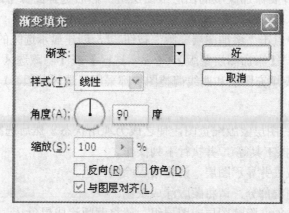

图 3-34 渐变填充

(5) 至此，图像的颜色已经调整完毕，但是图像的对比度还不够。单击图层调板底部的"创建新的填充或调整图层"按钮 ，并选取要创建的图层类型(亮度/对比度)，即弹出"亮度/对比度"对话框。在该对话框中向右拖动对比度的滑块到+21。图像编辑完成的最终效果如图 3-30 所示。

三、相关练习

运用本节学过的知识，给配套光盘中的"第三章\案例 5\梨子.jpg"涂上喜欢的颜色。

四、案例讨论

用调整图层来调整图像的颜色与用"颜料桶工具"和"渐变填充工具"调整图像的颜色有什么不同？用调整图层来调整图像的颜色有什么好处？

五、案例小知识

1．蒙版

蒙版用于控制图层或图层组中的不同区域的隐藏和显示。通过更改蒙版，可以对图层应用各种特殊效果，而不会实际影响该图层上的像素。蒙版可用于保护部分图层，让用户无法编辑，还可用于显示或隐藏部分图像。蒙版有以下两种类型：

(1) 图层蒙版：该蒙版是位图图像，与分辨率相关，由绘画或选择工具创建。

(2) 矢量蒙版：该蒙版与分辨率无关，由钢笔或形状工具创建。

图层蒙版是灰度图像，因此用黑色绘制的内容将会隐藏，用白色绘制的内容将会显示，而用灰色色调绘制的内容将以各级透明度显示。使用图层蒙版可以遮蔽整个图层或图层组，或者只遮蔽其中的所选部分。也可以编辑图层蒙版，向蒙版区域中添加内容或从中减去内容。

2．添加显示或隐藏选区的蒙版

在图层调板中选择要添加蒙版的图层或图层组，然后选择图像中的区域，并执行下列操作之一：

(1) 在图层调板中点击"添加图层蒙版"按钮▢，创建显示选区的蒙版。

(2) 选取【图层】\【添加图层蒙版】\【显示选区】或【隐藏选区】。(如本案例中的色彩平衡调整图层、渐变填充图层和曲线调整图层都采用了选区蒙版。)

3．编辑图层蒙版

单击图层调板中的图层蒙版缩览图，使之成为现用状态。然后选择任一编辑或绘画工具(如画笔工具、橡皮擦工具等)，并执行下列操作之一：

(1) 要从蒙版中减去并显示图层，请将蒙版涂成白色。

(2) 要能够看到图层部分，请将蒙版涂成灰色。

(3) 要向蒙版中添加并隐藏图层或图层组，请将蒙版涂成黑色。

(4) 如果要编辑图层而不是图层蒙版，请点击图层调板中的图层缩览图以选择它，此时，画笔图标✐出现在缩览图的左边，表示正在编辑该图层。

注意：当蒙版处于现用状态时，前景色和背景色默认为灰度值。

4．添加显示或隐藏整个图层的蒙版

如果要创建显示整个图层的蒙版，则可执行下列步骤：

(1) 选取【选择】\【取消选择】项清除图像中的所有选区边框。

(2) 在图层调板中选择要添加蒙版的图层或图层组。

(3) 在图层调板中点击"添加图层蒙版"按钮，或选取【图层】\【添加图层蒙版】\【显示全部】。(如本案例中的亮度和对比度图层就采用了整个图层的蒙版。)

如果要创建隐藏整个图层的蒙版，则按住 Alt 键并单击"添加图层蒙版"按钮，或选取【图层】\【添加图层蒙版】\【隐藏全部】。

5．停用或启用图层蒙版

如果要停用或启用图层蒙版，则可执行下列操作之一：

(1) 按住 Shift 键并单击图层调板中的图层蒙版缩览图。

(2) 选择要停用或启用的图层蒙版所在的图层，并选取【图层】\【停用图层蒙版】或【图层】\【启用图层蒙版】。

注意：停用蒙版时，图层调板中的蒙版缩览图上会出现一个红色的×，并且会显示出不带蒙版效果的图层内容。

六、案例拓展——绿色的枫叶

图 3-35 绿色的枫叶

案例点化：

(1) 打开配套光盘中的"第三章\案例 5\枫叶.jpg"。

(2) 执行【图像】\【调整】\【去色】命令。

(3) 执行【图像】\【调整】\【色彩平衡】命令，将"中间调"和"高光"选项的"绿色"均调整为 100。最终效果如图 3-35 所示。

案例 6 梦 幻

一、案例效果与主要工具

图 3-36 梦幻

用到的主要工具：图层剪贴组、描边和图层蒙版等。

二、案例操作

本案例的操作步骤如下：

(1) 单击【文件】\【打开】，打开配套光盘中"第三章\案例6"目录下的"小菊花.jpg"、"小猫.jpg"、"背景.jpg"和"鲜花.jpg"。

(2) 用"套索工具"将"鲜花.jpg"图像中橙色的花选取，并复制到"背景.jpg"图像中，得到图层1。在图层调板中拖动图层1到"创建新图层"按钮上，得到"图层1副本"，再用"移动工具"将两图层调节好位置，将这两个图层合并，然后按Ctrl+T键将小花的大小调整适当，如图3-37所示。

图3-37 鲜花

(3) 用"移动工具"将"小猫.jpg"拖动到"背景.jpg"中，得到图层2(这时小猫遮盖住了背景，继续操作即可)。再按住Alt键，将鼠标移动到图层调板中的"图层1"和"图层2"之间，鼠标指针的形状变为，单击鼠标左键，即得到图3-38所示的效果。

图3-38 小猫

(4) 在图层调板中，单击"图层1"(将图层1变成当前图层)，再按住Ctrl键并单击"图层1"，得到一个选区。然后，单击【编辑】\【描边】项，弹出"描边"对话框，设置如图

3-39 所示，其中颜色设置为#63C6CA，完成后单击"确定"按钮。

（5）用"移动工具"将"鲜花.jpg"拖动到"背景.jpg"中，得到图层 3，再按 Ctrl+T 键将鲜花设置成适当的大小，移动到适当的位置。

（6）在图层调板中单击按钮 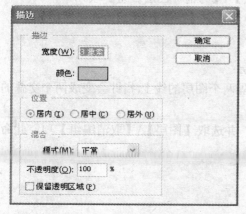，在"图层 3"上新建图层蒙版，再在工具箱里选择"渐变工具"，并在属性栏中设置为径向填充。然后，在鲜花的中心位置拖动鼠标左键，进行白色到黑色的填充。这时就可以看到鲜花的效果了。图层调板如图 3-40 所示。最终效果如图 3-36 所示。

图 3-39　"描边"对话框

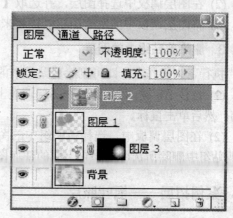

图 3-40　图层调板

三、相关练习

结合本节学过的知识，利用配套光盘中的"第三章\案例 6\练习\小女孩.jpg"做出"练习题.psd"的效果图。

四、案例讨论

（1）讨论案例中图层 1 和图层 2 之间的位置关系。

（2）讨论图层蒙版与剪贴组图层的用法。

（3）讨论案例中无法完成描边操作的原因。

（4）试调整案例中的"图层 1"和"图层 2"的不透明度和混合模式。

五、案例小知识

1．剪贴组图层

在剪贴组中，最下面的图层(或基底图层)充当整个组的蒙版。例如，一个图层上可能有某个形状，上一层图层上可能有纹理，而最上面的图层上可能有一些文本。如果将三个图层都定义为剪贴组，则纹理和文本只通过基底图层上的形状显示，并具有基底图层的不透明度。

注意：剪贴组中只能包括连续图层。剪贴组中的基底图层名称带有下划线，而上层图层的缩览图是缩进的。另外，上层图层显示有剪贴组图标，如图 3-40 所示。"图层样式"

对话框中的"将剪贴图层混合成组"选项可确定：基底图层的混合模式是影响整个组，而不是只影响基底图层。

2．创建剪贴组

执行下列操作之一即可创建剪贴组：

(1) 按住 Alt 键，将指针放在图层调板上分隔两个图层的线上(指针变成两个交叠的圆⊗)，然后单击鼠标。

(2) 在图层调板中选择图层，并选取【图层】\【与前一图层编组】项。

(3) 将图层调板中的所需图层链接起来，然后选取【图层】\【编组链接图层】项。

3．删除剪贴组中的图层

执行下列操作之一即可删除剪贴组中的图层：

(1) 按住 Alt 键，将指针放在图层调板上分隔两个图层的线上(指针会变成两个交叠的圆⊗)，然后单击鼠标。

(2) 在图层调板中，选择剪贴组中的图层，并选取【图层】\【取消编组】项。此命令从剪贴组中删除所选图层和它上面的任何图层。

六、案例拓展——枫叶照片

图 3-41　枫叶照片

案例点化：

(1) 打开配套光盘中的"第三章\案例 6\练习\枫叶 .jpg"，按 Ctrl+A 键，再按 Ctrl+C 键，新建文档，并在新文档中按 Ctrl+V 键，将图层名命名为"图层 1"。

(2) 在"图层 1"和"背景"之间新建"图层 2"，按住 Alt 键，将鼠标移动到图层调板中的"图层 1"和"图层 2"之间，鼠标指针的形状变为⊗，再单击鼠标左键。

(3) 使用"画笔工具"在"背景"中涂抹，直至效果满意，最后即可得到图 3-41 所示的效果。

综 合 练 习

一、判断题

1. 形状图层不能直接应用 Photoshop 中的众多功能，如色调和色彩调整以及滤镜等功能，所以必须先转换成普通图层之后才可使用。(   )

2. "反相"命令可以将一个正片黑白图像变成负片，或者将扫描的黑白负片转换成正片。(   )

3. 在图层面板上单击要重命名的图层名称就可输入新名称。(   )

二、选择题

1. "色阶"命令主要用于调整图像的(   )。

A. 明暗度   B. 色相

C. 对比度   D. 以上都不对

2. 选择【图层】\【图层样式】\【创建图层】命令可以将图层样式(   )。

A. 复制   B. 粘贴

C. 分离   D. 删除

3. 要将当前图层与下一图层合并，可以按下(   )键。

A. Ctrl+E   B. Ctrl+G

C. Shift+Ctrl+E   D. Shift+Ctrl+G

三、填空题

1. 作用图层效果时，只对_____起作用，从而产生一种填充效果，而对_____则不起作用，仍显示为透明。

2. 要删除图层组，可以选择"图层"菜单中_____子菜单中的_____命令。

3. 如果要去掉一幅彩色图像的彩色部分，可以使用_____命令。

四、简答题

1. 常用的图层类型有哪几种？

2. 简述图层混合模式的应用。

第四章　滤镜的应用

<table>
<tr>
<td>本章
导读</td>
<td>　　滤镜的概念来源于摄影中的滤光镜，滤光镜可以改进图像品质或添加特殊的艺术效果。滤镜是一种特殊的软件处理模块，也是一种特殊的图像效果处理技术，它是 Photoshop 软件中不可缺少的部分。</td>
</tr>
</table>

　　Photoshop 中的滤镜命令很多，也有很多有特殊效果的外置滤镜。本章将主要利用滤镜命令并结合前面章节学过的其他命令，来制作几种在实际应用中经常用到的特殊效果。

案例 1　叶子浮雕

一、案例效果与主要工具

利用"滤镜"菜单中的
【素描】\【水彩画纸】
命令编辑出图像的背景

利用"滤镜"菜单中的
【杂色】\【添加杂色】
滤镜

添加叶子并利用图层样
式添加浮雕效果

图 4-1　叶子浮雕

二、案例操作

本案例的操作步骤如下：

(1) 单击【文件】\【新建】项，新建一个400 像素×400 像素，背景为白色的图像文件，命名为"叶子浮雕"。

(2) 制作背景底纹。将前景色设置为棕黄色(#9a9636)，然后按 Alt+Del 键填入前景色。之后，执行【滤镜】\【杂色】\【添加杂色】命令，在弹出的对话框中设定"数量"为 20%，"分布"为高斯分布，并选中单色选项，如图4-2 所示，完成后单击"好"按钮。再执行【滤镜】\【素描】\【水彩画纸】命令，在弹出的对话框中设定如下参数：纤维长度为 25，亮度为60，对比度为 78，如图 4-3 所示，完成后单击"好"按钮。

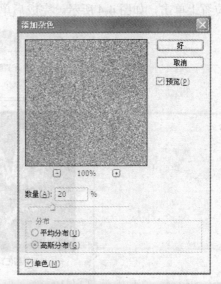

图 4-2　"添加杂色"对话框

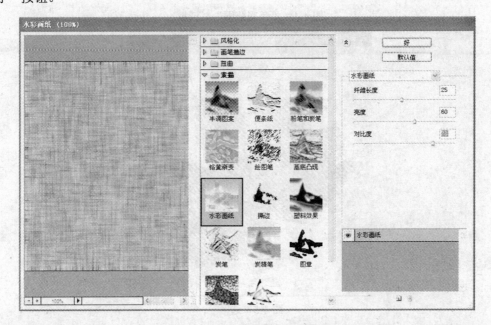

图 4-3　"水彩画纸"对话框

(3) 按 Ctrl+O 键打开配套光盘中的"第四章\案例 1\绿叶.jpg"文件，使用魔术棒工具选择白色区域，并执行【选择】\【反选】命令将选取范围反转，即可选中绿叶。然后，使用"移动工具"将绿叶复制到"叶子浮雕"文件中，这时可以看到图层面板上新增了一层。

(4) 按 Ctrl+T 键对绿叶图像进行自由变形，并将绿叶移到图像上合适的位置。双击图层名，改名为"绿叶"。

(5) 关闭背景层的显示，执行【图像】\【调整】\【亮度和对比度】命令，将图像的对比度设置为+46。再执行【选择】\【色彩范围】命令，将色彩容差设置为 51，然后在叶子某位置上单击，如图 4-4 所示。完成后单击"好"按钮，将得到一个如图 4-5 所示的选区。

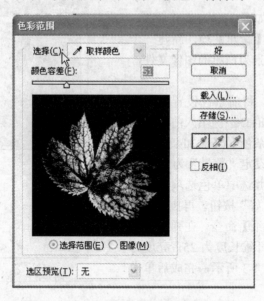

图 4-4　"色彩范围"对话框

图 4-5　选区

(6) 在图层面板上将工作区域转换为背景层(切换后，背景层的眼睛自动开启)。保持选取范围，执行【图层】\【新建】\【通过拷贝的图层】命令，新增一图层，双击图层名，改名为"叶子"。

(7) 将绿叶层拖到图层面板上的"删除图层"按钮上，把绿叶层删除。

(8) 确定当前图层是"叶子"层，执行【图层】\【图层样式】\【斜面和浮雕】命令，对对话框的设定如图 4-6 所示：深度为 131%，大小为 4，软化为 2。完成后单击"好"按钮，最终效果如图 4-1 所示。

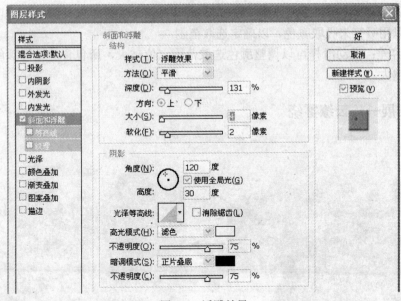

图16 浮雕效果

三、相关练习

结合本节所学知识，利用配套光盘中的"第四章\案例1\小鸟.jpg"文件素材，试编辑出"小鸟雕刻.psd"的效果。

四、案例讨论

(1) 增加图像的对比度后，图像的色彩有什么变化？

(2) 结合本节案例，如何确定当前图层是"叶子"层？

(3) 讨论"图层样式"中的"斜面和浮雕"对话框中的"大小"、"深度"的意义。

五、案例小知识

1．滤镜

滤镜是通过电脑的运算，模仿摄像时所用的滤镜、偏光镜，以及暗房中的曝光与镜头旋转等的技术，还有美学艺术创作等的效果，所展现出来的电脑图像处理特效。

(1) "添加杂色"滤镜：在处理图像中随机添加一些细小的颗粒状的效果。

注意："杂色"滤镜主要用来修饰图像，如修饰扫描图像中的斑点和划痕，而其中的"添加杂色"滤镜则常被用来制作纹理。

(2) "水彩画纸"滤镜：模拟传统绘画中的水彩画技法，使用饱含水分的颜料在纤维纸上绘制，从而实现颜色流动并混合的效果。

2．色彩范围

色彩范围是一个很好的选取范围命令，该命令可以选取特定的颜色范围。用此命令选取不但可以一面预览一面调整，还可以随心所欲地完善选取的范围，如图4-4所示。

● 选择：选择一种选取颜色范围的方式。默认设置下选择"取样颜色"选项，选取此选项用户可以用吸管来吸取颜色，以确定选取范围。

● 颜色容差：拖动滑杆可以调整颜色选取范围，值越大，所包含的近似颜色越多，选取的范围也越大。

六、案例拓展——云缭雾绕

图 4-7　风景　　　　　　　　　　　　　　　　图 4-8　云缭雾绕

案例点化：

(1) 打开配套光盘中"第四章\案例 1\风景"，如图 4-7 所示。

(2) 新建图层，设置黑色前景色、白色背景色，应用【滤镜】\【渲染】\【云彩】命令。

(3) 执行【编辑】\【消隐云彩】命令，将不透明度设置为适当的数值，如 80%。

(4) 执行【滤镜】\【模糊】\【高斯模糊】命令，将参考半径设置为 4.0。

(5) 将图层模式设置为"滤色"。最后可得到的效果如图 4-8 所示。

案例 2　水　彩　画

一、案例效果与主要工具

图 4-9　水彩画

用到的主要工具：水彩滤镜、添加杂色滤镜、高斯模糊滤镜和反相等。

二、案例操作

本案例的操作步骤如下：

(1) 打开配套光盘中的"第四章\案例 2\花朵.jpg"图像。

(2) 单击【滤镜】\【艺术效果】\【水彩】项，在出现的"水彩"滤镜对话框中，将"画笔细节"设为 10，"暗调强度"设为 0，"纹理"设为 1，然后单击"好"按钮就可得到如图 4-10 所示的水彩效果。

图 4-10　水彩效果

(3) 单独使用滤镜生成的水彩效果不够逼真，我们对它做进一步处理。单击通道调板，再单击调板下方的"创建新通道"按钮，为图像添加"Alpha 1"通道。

注意："水彩"滤镜的使用只单纯地使图像中的像素生成了水彩效果，而实际中的水彩画还会显现出画纸的纹理，所以我们将在新通道里加入纸张的纹理。

(4) 在"Alpha 1"通道中执行【滤镜】\【杂色】\【添加杂色】命令，出现"添加杂色"滤镜对话框，在其中设置"数量"为 50%，"分布"为高斯分布，并选中"单色"选项，然后单击"好"按钮，得到的效果如图 4-11 所示。

注意：现在的操作是在新通道中进行的，暂时对原图像没有影响。

(5) 选择【图像】\【调整】\【反相】项，将通道中的黑白色彩倒置，再选择【滤镜】\【模糊】\【高斯模糊】项，出现"高斯模糊"对话框，在其中设置"半径"为 2.0，然后单击"好"按钮，得到如图 4-12 所示的效果。

注意：本步骤是在通道 Alpha 1 里制作模糊效果。

图 4-11　添加杂点

图 4-12　高斯模糊

(6) 单击图层调板，选中背景图层，回到 RGB 通道。选择【滤镜】\【渲染】\【光照效果】项，出现"光照效果"对话框，在其中设置"样式"为默认，"光照类型"为平行光，"强度"为 50，将"纹理通道"选为 Alpha 1，"高度"设为 7，如图 4-13 所示，然后单击"好"按钮。最终的效果如图 4-9 所示。

注意：本步骤是在 RGB 通道里制作光照效果。

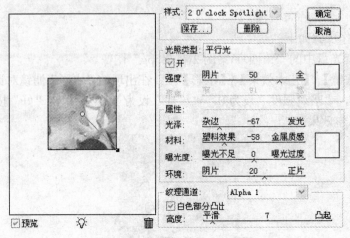

图 4-13　"光照效果"对话框

三、相关练习

结合本节所学知识，利用配套光盘中的"第四章\案例 2\气球.jpg"文件素材，试编辑出"效果图.psd"的效果。

四、案例讨论

(1) 在什么情况下才用到"水彩"滤镜？

(2) 如果对图像进行一次滤镜处理后，效果不太明显，应该如何做？

五、案例小知识

1."水彩"滤镜

"水彩"滤镜以水彩的风格绘制图像，简化图像细节，使用蘸了水和颜色的中号画笔绘制。当边缘有显著的色调变化时，此滤镜会使颜色饱满。

2."高斯模糊"滤镜

"高斯模糊"滤镜使用可调整的量快速模糊选区。该滤镜添加低频细节，并产生一种朦胧效果，其"半径"参数值越大，图像就越朦胧。

3."反相"命令

"反相"命令用于反转图像中的颜色。使用此命令可将一个正片黑白图像变成负片，或从扫描的黑白负片得到一个正片。

"反相"图像时，通道中每个像素的亮度值将转换为 256 级颜色值刻度上相反的值。例如，值为 255 的正片图像中的像素转换为 0，值为 5 的像素转换为 250。

4."光照效果"滤镜

"光照效果"滤镜可以在 RGB 图像上产生无数种光照效果，也可以使用来自灰度文件的纹理(称为凹凸图)产生类似 3D 的效果，并存储自己的样式用于其他图像。使用"光照效果"滤镜的步骤如下：

(1) 选取【滤镜】\【渲染】\【光照效果】项。

(2) 在"样式"栏中选取一种所需样式；在"光照类型"栏中选取一种所需类型。

(3) 如果要使用多种光照效果，可选择或取消选择"开"单选框，以打开或关闭各种照射光。

(4) 若要更改照射光颜色，可在对话框的"光照类型"区中点击颜色框，将"拾色器"对话框打开，在其中进行设置。

(5) 要设置照射光属性，可拖移下列选项对应的滑块：

● 光泽：决定表面反射光的多少(就像在照相纸的表面上一样)，范围从"无光泽"(低反射率)到"有光泽"(高反射率)。

● 材料：决定是光照反射的光线多，还是光照所投射到的对象反射的光线多。"塑料"反射光的颜色，"金属"反射对象的颜色。

● 曝光度：增加光照(正值)或减少光照(负值)，零值则没有光照效果。

● 环境：使该光照如同与室内的其他光照(如日光或荧光)相结合一样，选取数值 100 表示只使用此光源，选取数值–100 将移去此光源。若要更改环境光的颜色，可点按颜色框，然后在出现的"拾色器"对话框中进行设置。

注意："光照效果"滤镜只对 RGB 图像有效。

5．通道

通道是一种单色的颜色信息形式，组成图像的每种颜色都被记录在一个单独的通道里。它有存储图像的色彩资料和存储选区范围两个主要功能。

六、案例拓展——浮雕纹理

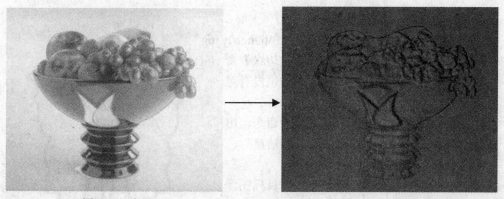

　　　　图 4-14　水果　　　　　　　　　　　　　　图 4-15　浮雕纹理

案例点化：

(1) 打开配套光盘中的"第四章\案例 2\水果.jpg"文件，如图 4-14 所示。然后，选择魔术棒工具，设置合适的容差，再选择水果，并复制选区。

(2) 新建一 RGB 文件，任意填充背景，在通道面板中新建 Alpha 1 通道，并将步骤(1)中复制的选区粘贴到该通道中。

(3) 在通道面板中选择 RGB 通道，执行【滤镜】\【渲染】\【光照效果】命令，将"纹理通道"选择为 Alpha 1，并调整各参数，直至效果满意。最终效果如图 4-15 所示。

<h1 style="text-align:center">案例 3　木 板 刻 画</h1>

一、案例效果与主要工具

图 4-16　木板刻画

用到的主要工具："查找边缘"滤镜、"灰度"模式、"色阶"调整命令、"纹理"滤镜等。

二、案例操作

本案例的操作步骤如下：

(1) 打开配套光盘中的"第四章\案例 3\butterfly.jpg"图像文件。

(2) 执行【滤镜】\【风格化】\【查找边缘】命令，得到如图 4-17 所示的效果(注：此滤镜没有对话框)。

(3) 选择【图像】\【模式】\【灰度】命令，出现一个确认对话框，提示"是否丢弃颜色信息"，选择"好"将图片变成灰度图像。

注意：原图像中的色彩比较丰富，而目标图像也就是木板画中的图像是刻画效果，不可能含有那么多的色彩，只需要纹理和明暗度，所以在这里要先将原有图像转换成灰度图像。

图 4-17　查找边缘

(4) 下面调整灰度图像的色阶，使之更适合木板刻画的效果。选择【图像】\【调整】\【色阶】项，打开"色阶"的编辑对话框，设置其中的"输入色阶"为 0　1　220，完成后确认。然后将处理后的灰度图像另存，命名为"butterfly.psd"并关闭。

(5) 打开配套光盘中的"第四章\案例 3\木纹.jpg"图像。

(6) 选择【滤镜】\【纹理】\【纹理化】项，调出"纹理化"编辑对话框，在其中"纹理"右侧的列表中选择"载入纹理...",出现一个打开文件的对话框，选中刚刚生成的"butterfly.psd"。然后，设置"缩放"为100%，"凸现"为4，"光照"方向为上，如图4-18所示，单击"好"按钮确认后，即可得到最终的木板画效果，如图4-16所示。

图4-18 "纹理化"对话框

三、相关练习

利用配套光盘中"第四章\案例 3"中的"茶具.jpg"和"木纹.jpg"图像，依照本案例做一张木板刻画。

四、案例讨论

对比"纹理"滤镜做出的纹理效果与"图层样式"中的"斜面与浮雕"效果的不同。

五、案例小知识

1."查找边缘"滤镜

"查找边缘"滤镜用显著的转换标识图像的区域，并突出边缘。像"等高线"滤镜一样，"查找边缘"滤镜用相对于白色背景的黑色线条勾勒图像的边缘，这对生成图像周围的边界非常有用。

2."纹理"滤镜

"纹理"滤镜将选择或创建的纹理应用于图像。

3."灰度"模式

"灰度"模式使用多达 256 级灰度。灰度图像中的每个像素都有一个 0(黑色)到255(白色)之间的亮度值。

六、案例拓展——木纹压花

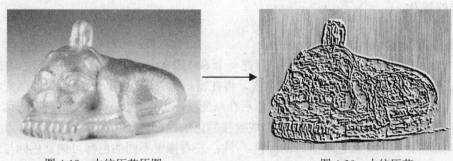

图4-19 木纹压花原图　　　　　　图4-20 木纹压花

案例点化：

(1) 打开配套光盘中的"第四章\案例 3\木纹压花原图 .jpg"，如图 4-19 所示，执行【滤镜】\【风格化】\【查找边缘】命令，在通道面板中选取一个纹理较少的通道，此处以绿色通道为例。

(2) 复制绿色通道副本，选择【图像】\【调整】\【色阶】项，调整减少一些细节纹理，并全选绿色通道。然后新建一文件，将刚才复制的绿色通道内容粘贴到新文件中，并保存为 PSD 文件。

(3) 新建和步骤(2)中一样大小的 RGB 模式文件，设置好前、背景色，执行【滤镜】\【渲染】\【纤维】命令，制作出一个简单的木纹效果，再执行【滤镜】\【纹理】\【纹理化】命令，载入步骤(2)中保存的 PSD 文件，调整参数，直至效果满意。最终效果如图 4-20 所示。

案例 4　小　蜻　蜓

一、案例效果与主要工具

图 4-21　小蜻蜓

用到的主要工具："波浪"滤镜、"马赛克"滤镜、"径向模糊"滤镜、"外发光"图层样式等。

二、案例操作

本案例的操作步骤如下：

(1) 执行【文件】\【新建】命令，新建一个 600 像素×600 像素，背景为白色的文件。

(2) 在工具箱中点选"渐变工具" ，再在窗口上方的设置面板中预设的渐变色上单击鼠标，进入"渐变编辑器"对话框，然后在渐变条下方单击鼠标，建立新的色标。

(3) 设置色标的颜色。用鼠标单击选取欲换颜色的色标，然后单击"颜色"框，出现"拾色器"对话框，可在里面选取所需的颜色。(注：左右拖曳不同的色标可调整色标与色标之间的间距)。

我们在此设置五个颜色控制点，如图 4-22 所示，从左到右的颜色依次为：

第一个色标颜色为#000000，位置为 0%；

第二个色标颜色为#E1D690，位置为 22%；

第三个色标颜色为#A07108，位置为 24%；

第四个色标颜色为#B59E4C，位置为 33%；

第五个色标颜色为#000000，位置为 100%。

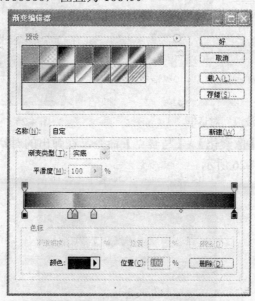

图 4-22 "渐变编辑器"对话框

完成后单击"确定"按钮。此时，可看到在渐变属性栏中出现了新的渐变。

(4) 用鼠标在图像窗口中由中间向外拖曳填充，得到如图 4-23 所示的效果。

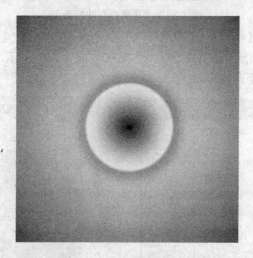

图 4-23 用径向渐变制作背景图

(5) 执行【滤镜】\【扭曲】\【波浪】命令，弹出"波浪"对话框，参数设置如图 4-24 所示，确定后可得到如图 4-25 所示的效果。

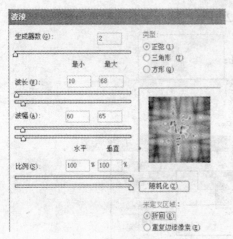

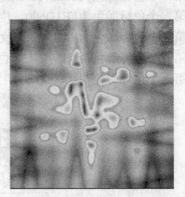

图 4-24　"波浪"对话框　　　　　　　　　图 4-25　"波浪"滤镜效果

(6) 执行【滤镜】\【像素化】\【马赛克】命令，在弹出的对话框中设置单元格大小为30。完成后的效果如图 4-26 所示。

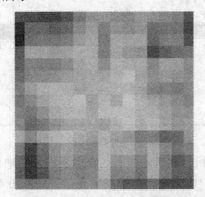

图 4-26　"马赛克"滤镜效果

(7) 执行【滤镜】\【模糊】\【径向模糊】命令，在弹出的"径向模糊"对话框中进行如下设置：模糊方法为缩放，品质为好，大小为 80，如图 4-27 所示。完成后的效果如图 4-28 所示。背景效果的编辑至此完成。

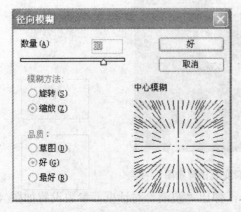

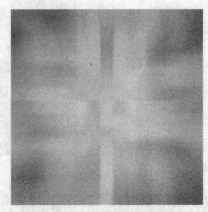

图 4-27　"径向模糊"对话框　　　　　　　图 4-28　径向模糊滤镜效果

(8) 打开配套光盘中的"第四章\案例 4\蜻蜓.jpg"图像。

(9) 选择"魔术棒工具",在其属性栏中设置容差为 35,并取消"连续"选项,完成后在图像的空白处单击。然后按 Shift+Ctrl+I 键反转选择区域,即可将蜻蜓选中。再执行【选择】\【羽化】命令,在弹出的对话框中设置半径为 2,并确定。

(10) 按 Ctrl+C 键复制选中的蜻蜓,然后回到背景图像,按 Ctrl+V 键进行粘贴,此时,粘贴的蜻蜓自动建立在新图层上。按 Ctrl+T 键将蜻蜓缩小,并放在合适的位置。

(11) 在图层调板上单击图层样式按钮 ⊘,选择其中的"外发光"项,对话框设置如图 4-29 所示,完成后单击"好"按钮。最终效果如图 4-21 所示。

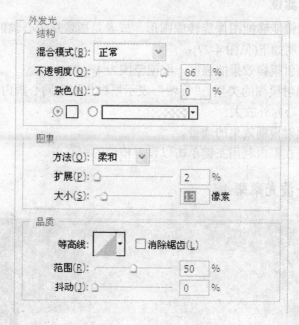

图 4-29 "外发光"对话框

三、相关练习

用"渐变工具"和"扭曲"滤镜制作一个"水波"的效果图。

四、案例讨论

将"蜻蜓"复制到新图层中有多种方法,请举出两种。

五、案例小知识

1."波浪"滤镜

"波浪"滤镜能够以不同的波长产生出不同形状的波动效果。其参数说明如下(见图 4-24):

- 生成器数:用于控制产生波的总数,设置值越高,则产生的图像越模糊。
- 比例:用于设置水平方向和垂直方向的变形度。

● 类型：用于规定波的形状。

● 未定义区域：应用"波浪"滤镜时，图像的弯曲变形有时会超出屏幕，该选项用于设置超出的像素的类型。"折回"表示超出的像素反卷到屏幕的对边；"重复边缘像素"表示超出的像素分布到图像的边界上。

2. "马赛克"滤镜

"马赛克"滤镜通过将一个单元内的所有像素统一成一种颜色来产生马赛克拼图的效果。

3. "径向模糊"滤镜

"径向模糊"滤镜能够把图像旋转成圆形，或者是图像从中心辐射出去，从而达到模糊的效果。其参数说明如下(见图 4-27)：

● 数量：控制辐射模糊效果的强度，取值范围为 1～100。

● 模糊方法：辐射模糊的类型。"旋转"表示模糊作用在同心圆内旋转；"缩放"表示被模糊图像从图像中心向外放大。

● 品质：设置辐射模糊效果的质量。

● 中心模糊：可在框内利用左键单击以设定模糊的中心点。

六、案例拓展——波光粼粼

图 4-30　波光粼粼

案例点化：

(1) 新建文件，并编辑渐变颜色进行径向渐变，如图 4-31 所示。

(2) 执行【滤镜】\【扭曲】\【海洋波纹】命令，设置合适的参数。

(3) 执行【滤镜】\【扭曲】\【水波】命令，设置合适的参数。

(4) 执行【选择】\【色彩范围】命令，选择水波的亮部，并新建图层，在新图层(图层1)中将选择范围填充为白色。

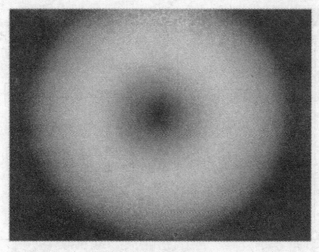

图 4-31　渐变颜色

(5) 复制图层 1 副本，分别将图层 1 副本和图层 1 进行动感模糊，再合并两图层。

(6) 执行【滤镜】\【锐化】\【USM 锐化】命令，完成后的最终效果如图 4-30 所示。

案例 5　晴 空 万 里

一、案例效果与主要工具

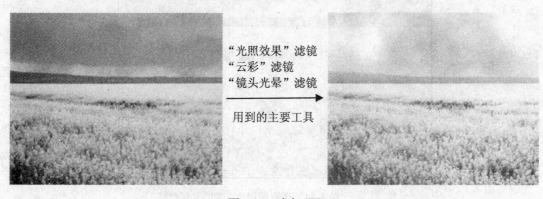

"光照效果"滤镜
"云彩"滤镜
"镜头光晕"滤镜

用到的主要工具

图 4-32　晴空万里

二、案例操作

本案例的操作步骤如下：

(1) 执行【文件】\【打开】命令，打开配套光盘中的"第四章\案例 5\乌云密布.jpg"图像。

(2) 执行【滤镜】\【渲染】\【光照效果】命令，在弹出对话框中设置"光照类型"为平行光，拖动预览图中的小黑点，改变小圆点和小黑点的位置关系，以调整亮度，如图 4-33 所示。

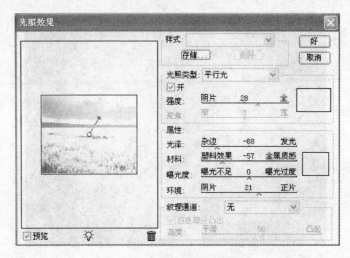

图 4-33　"光照效果"对话框

(3) 制作蓝天白云。

① 单击工具箱里的"矩形选框工具"[:]，在图像编辑区拖动鼠标左键选取图像的上半部，如图 4-34 所示。

图 4-34　选取图像上半部

② 执行【选择】\【羽化】命令，在弹出对话框中设置"羽化半径"为 30 像素，连续执行三次。

③ 按 D 键，将前景色和背景色复位，再按 Delete 键将选区内的图像删除。

④ 将前景色设置为蓝色(如#2D50E5)，背景色设置为白色。再执行【滤镜】\【渲染】\【云彩】命令，此时将看到图像的选区部分生成了柔和的云彩图案，按 Ctrl+D 键取消选择。(注：执行云彩命令前不要取消选区。)

注意："云彩"滤镜是使用介于前景色与背景色之间的随机值，生成柔和的云彩图案，所以每次执行的效果不同。

(4) 添加光晕。执行【滤镜】\【渲染】\【镜头光晕】命令，在弹出的对话框中设置"亮度"为 130，"镜头类型"为 50~300 毫米变焦，拖动"光晕中心"的"十"字到预览图像的右上角，如图 4-35 所示，完成后单击"好"按钮。效果图如图 4-32 所示。

图 4-35 "镜头光晕"对话框

三、相关练习

利用本节学到的知识，制作一个"乌云密布"的效果图。

四、案例讨论

(1) 如果执行了一次"光照效果"滤镜命令后，发现图像的亮度太高了，应该如何处理？

(2) 为什么在选取"矩形选框工具"后，连续使用了三次半径为 30 的"羽化"命令？这三次的半径为 30 的"羽化"效果跟一次半径为 90 的"羽化"效果相同吗？

(3) 在删除"乌云"的操作中，按 Delete 键之前为什么要将前景色与背景色复位？如果不复位又有什么效果？如果按一次 Delete 键后发现选区边缘还有未删除的部分，该怎么办？

(4) 本案例中，我们应用"云彩"滤镜制作了"蓝天白云"的效果，如果要求制作"乌云"的效果，应该如何处理？

五、案例小知识

本案例中使用的"光照效果"滤镜、"云彩"滤镜、"镜头光晕"滤镜都属于"渲染"滤镜组，该滤镜组为我们创建真实的三维效果提供了更为广阔的空间，我们可以使用这些滤镜创建 3D 形状、云彩图案、折射图案以及模拟光反射效果等。

1. "云彩"滤镜

"云彩"滤镜使用介于前景色和背景色之间的颜色值随机生成柔和的云彩效果。

2. "镜头光晕"滤镜

"镜头光晕"滤镜用于产生亮光照射到相机镜头所出现的折射效果,可以在图像上确定光晕中心的位置,以及光晕的光亮强度。

六、案例拓展——流光溢彩

图 4-36　流光溢彩

案例点化:

(1) 新建文档,并以黑色填充。

(2) 多次使用【滤镜】\【渲染】\【镜头光晕】命令,将光晕较均匀地放在不同的位置。(注:对话框设置可使用默认设置。)

(3) 调整图像的"色相/饱和度"进行去色(将"饱和度"调整为−100)。

(4) 执行【滤镜】\【像素化】\【铜版雕刻】命令,"类型"设为"中长描边"。

(5) 多次使用【滤镜】\【模糊】\【径向模糊】,"模糊方法"设为"缩放",将粗糙的画面平滑。

(6) 继续调整图像的"色相/饱和度"来着色,可调整为自己喜欢的颜色。

(7) 复制一图层,将图层模式改为"变亮"。

(8) 执行【滤镜】\【扭曲】\【旋转扭曲】命令,"角度"设为−100,将此图层再复制,然后再次进行【滤镜】\【扭曲】\【旋转扭曲】,"角度"设为−50。

(9) 执行【滤镜】\【扭曲】\【波浪】命令,进行适当的设置,便可得到一幅炫丽的图片,如图 4-36 所示。

案例6　水乡古镇素描

一、案例效果与主要工具

用到的主要
工具

去色
反相
"高斯模糊"滤镜
色阶
颜色减淡图层模式

图 4-37　水乡古镇素描

二、案例操作

本案例的操作步骤如下：

(1) 打开配套光盘中的"第四章\案例 6\town.jpg"图像。

(2) 执行【图像】\【调整】\【去色】命令，或按 Shift+Ctrl+U 键，将图片转换成黑白色，如图 4-38 所示。

图 4-38　转成黑白色

(3) 在图层调板中选中当前层，单击鼠标右键，在弹出的菜单中选择"复制图层"命令，这样即把图片制作成两层。

(4) 选中被复制的那一层，按下快捷键 Ctrl+I，将图片的像素进行"反相"处理，这时当前层的图片变换为如图 4-39 所示。

图 4-39　　"反相"处理

(5) 在当前层的图层模式下拉菜单中选择"颜色减淡"项，这时该层的图片亮得几乎看不见了，继续进行后面的操作。

(6) 执行【滤镜】\【模糊】\【高斯模糊】命令，在弹出对话框中设置"模糊半径"值为 2。模糊后的效果如图 4-40 所示。

图 4-40　　高斯模糊

(7) 在"图层调板菜单"中选择"合并可见图层"项，把图片合并为一张图。再按 Ctrl+L 键，打开"色阶"对话框，将图片的光线调节一下，如图 4-41 所示。完成后的最终效果如图 4-37 所示。

图 4-41　　"色阶"对话框

三、相关练习

利用配套光盘中的"第四章\案例 6\练习\阳光明媚.jpg",制作一幅"银装素裹.jpg"的效果图。

四、案例讨论

(1) 讨论"高斯模糊"与"模糊"之间的区别。

(2) 讨论"去色"的几种方法。

五、案例小知识

1. 去色

去色就是将彩色图像转换为相同颜色模式下的灰度图像。例如,它给 RGB 图像中的每个像素指定相等的红色、绿色和蓝色值,使图像表现为灰度。每个像素的明度值不改变。

2. 色阶

色阶可以通过调整图像的暗调、中间调和高光等强度级别,校正图像的色调范围和色彩平衡。

六、案例拓展——漂亮边框

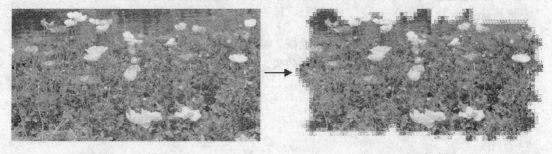

图 4-42　鲜花　　　　　　　　　　　图 4-43　漂亮边框

案例点化:

(1) 打开配套光盘中的"第四章\案例 6\鲜花.jpg",如图 4-42 所示。用套索工具在原图中随意勾勒一个形状,进入快速蒙版编辑模式。

(2) 执行【滤镜】/【像素化】/【晶格化】命令。

(3) 执行【滤镜】/【画笔描边】/【成角的线条】命令。

(4) 执行【滤镜】/【像素化】/【彩块化】命令。

(5) 执行【滤镜】/【像素化】/【马赛克】命令。

(6) 执行【滤镜】/【锐化】/【锐化】命令(锐化多次,直至效果出现)。

(7) 退出快速蒙版,反选,清除,最终效果如图 4-43 所示。

综 合 练 习

一、判断题

1. "晶格化"滤镜中设置较小的参数值会使图像出现隔着浴室玻璃看到的效果。（　　）

2. 位图模式或者索引颜色模式的图像，不能应用滤镜效果。（　　）

3. "模糊"滤镜的距离参数越大，模糊效果越强烈。（　　）

二、选择题

1. （　　）滤镜不属于渲染滤镜组。

A. 3D 变换　　　　　　B. 光照效果　　　　　C. 扩散亮光　　　D. 镜头光晕

2. （　　）图层不能直接执行滤镜功能。

A. 背景　　　　　　　B. 文字　　　　　　　C. 形状　　　　　D. 填充

3. （　　）颜色模式可以使用任何滤镜功能。

A. 索引　　　　　　　B. CMKY　　　　　　C. Shift+F　　　　D. Lab

三、填空题

1. 在滤镜对话框中按下_____键，则对话框中的"取消"按钮变成_____按钮，单击该按钮可将滤镜设置恢复到刚打开对话框时的状态。

2. 在_____和_____的模式下不能使用滤镜。

3. 对_____图层执行滤镜时，将会提示先栅格化图层的信息。

四、简答题

1. 简述"动感模糊"滤镜和"高斯模糊"滤镜的区别。

2. 利用本章所学知识给图像制作灯光效果。

第五章 路径的使用

本章
导读

　　路径也是 Photoshop 中的重要工具，主要用于进行光滑图像选择区域及辅助抠图，绘制光滑线条，定义画笔等工具的轨迹绘制，输入输出路径和选择区域之间的转换。在辅助抠图上它突出显示了强大的可编辑性，具有特有的光滑曲率属性。

　　本章将对路径的知识点进行较为全面的操作演示，其主要目的有三：一是掌握路径工具的使用方法；二是熟练路径的编辑、转换的技巧；三是练习路径的描边、涂抹及其他工具的综合应用。

案例 1 丹 顶 双 鹤

一、案例效果与主要工具

图 5-1　丹顶双鹤

　　用到的主要工具：钢笔工具、转换点工具、直接选择工具和喷枪工具等。

二、案例操作

　　本案例的操作步骤如下：

　　(1) 单击【文件】\【新建】项，新建一个为 680 像素×460 像素，背景色为白色的文件，命名为"丹顶双鹤.psd"。

(2) 打开配套光盘中的"第五章\案例 1\黄昏.jpg",用"移动工具"将图片拖入新建的文件中,形成图层 1,并调整图像位置和大小。

(3) 打开文件"丹顶鹤.jpg",并用"钢笔工具"沿着丹顶鹤的外轮廓绘制一个封闭的路径,如图 5-2 所示。

图 5-2 绘制路径   图 5-3 调整路径

(4) 将"转换点工具"和"直接选择工具"配合使用,对路径进行调整(调整路径上各点的锚点),使之如图 5-3 所示。

(5) 将图 5-3 中的路径(注意用路径选择工具)复制到新文件中,再将路径复制一次,对新的路径执行【编辑】\【变换】\【水平翻转】命令,将其变成两个相对的丹顶鹤路径,并调整距离,如图 5-4 所示。

图 5-4 移动和编辑路径

(6) 选择左边的丹顶鹤路径,点击路径调板下"将路径作为选区载入"按钮,将选区进行 0.5 像素的羽化,在图层调板中新建一图层,并用渐变工具将其填充为蓝白渐变。

(7) 用"喷枪工具"("喷枪工具"在画笔调板中,如图 5-5 所示)将丹顶鹤的眼、嘴,头顶、尾巴分别喷成相应颜色,如图 5-6 所示。

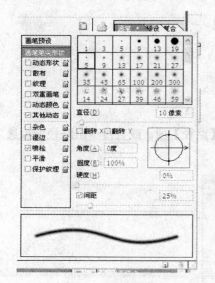

图 5-5 画笔预设   图 5-6 喷枪工具处理过的效果

(8) 保留选区，选择【编辑】\【描边】项，参数设置如图 5-7 所示：宽度为 1；颜色为黑色，其他均为默认值，完成后单击"好"按钮，效果如图 5-8 所示。

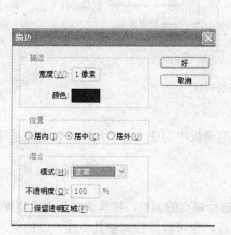

图 5-7 "描边"对话框   图 5-8 经过描边的效果

(9) 右边的丹顶鹤重复步骤(6)～(8)即可，色彩可根据自己的喜好作简单调整。最终效果如图 5-1 所示。

三、相关练习

利用配套光盘中的"第五章\案例 1\燕子.jpg"文件素材，试制作出"双飞燕.psd"的效果。

四、案例讨论

(1) 路径的移动和复制需要用到什么工具？

(2) 如何使用喷枪工具？

(3) 讨论选区"描边"中的混合模式效果。

五、案例小知识

1．显示路径调板

要显示路径调板(如图 5-9 所示)，可选取【窗口】\【路径】项，或直接单击路径调板选项卡。

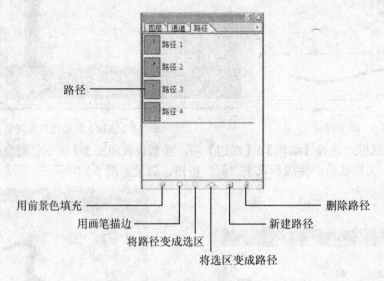

图 5-9　路径调板

2．喷枪工具

"喷枪工具"是画笔选项中的一种，在画笔调板中勾选一种喷枪样式效果即是使用喷枪工具。

3．转换点工具

"转换点工具"主要是将钢笔所画的路径进行锚点的调整，将其调整至合适位置。"转换点工具"既可以同时调整路径节点的两个锚点，也可以单独调整其中任一个锚点，以达到预期效果。

4．锚点

锚点即路径上的点，主要用来调整路径方向和曲线光滑度。锚点既可以用"转换点工具"来调整，也可以用"直接选择工具"来调整。用"直接选择工具"操作时，一定要先用"转换点工具"拉出两个锚点。

5．选区描边

选区描边是在选区的轮廓上涂上色彩，描边宽度可以根据需要调整，单位为像素，位置可以是居中、居外或内部，还可以设置描边的混合模式，模式不同达到的描边效果也不同。

六、案例拓展——树医啄木鸟

图 5-10　啄木鸟　　　　　　　　　　图 5-11　树医啄木鸟

案例点化：

(1) 打开配套光盘中的"第五章\案例 1\啄木鸟.jpg"，如图 5-10 所示，并勾勒啄木鸟的路径。

(2) 将路径复制到新文件中，并调整至合适的位置，路径用黑色描边(思考：路径描边和选区描边有什么不同?)。

(3) 载入选区后填充，再反选后喷边缘效果(思考：为什么要反选后才喷边缘?)。

(4) 用"椭圆选框工具"画眼睛(可放大图像以方便制作)，并加入黑白渐变效果(思考：用什么渐变类型?)。

(5) 用新建路径 1 勾勒尾，新建路径 2 勾勒嘴，新建路径 3 勾勒脚，再分别填充渐变效果。

(6) 不要取消选区，对黑白渐变的尾巴做"波纹"滤镜处理，脚选区也做相应的滤镜处理，如图 5-10 所示。

(7) 合并图层，并调整位置，以显示出树的背景。最终效果如图 5-11 所示。

案例 2　癞蛤蟆看天鹅

一、案例效果与主要工具

图 5-12　癞蛤蟆看天鹅

用到的主要工具：钢笔工具、转换点工具、路径选择工具、渐变工具等。

二、案例操作

本案例的操作步骤如下：

(1) 新建一个 680 像素×460 像素的文件，分辨率设为 72 像素/英寸，颜色模式为 RGB，背景色为白色。

(2) 打开配套光盘"第五章\案例 2"中的"癞蛤蟆.jpg"和"天鹅.jpg"文件。将"癞蛤蟆.jpg"选为当前图层，并用"钢笔工具"将癞蛤蟆轮廓绘制为封闭的路径。

(3) 将"转换点工具"　和"直接选择工具"　配合使用，对路径进行调整(调整路径上各点的锚点)，使之如图 5-13 所示。

(4) 再用"路径选择工具"　将癞蛤蟆的路径移到天鹅的图片中，并将路径缩放至合适的位置，如图 5-14 所示。

图 5-13　癞蛤蟆原图

图 5-14　癞蛤蟆路径

(5) 选择癞蛤蟆的路径，在路径面板下转换成选区，并羽化为 1 像素。再新建一图层，用土黄色填充癞蛤蟆的选区。然后(不要取消选区)执行【滤镜】\【杂色】\【添加杂色】命令，参数设置如图 5-15 所示，再单击"好"按钮，效果如图 5-16 所示。

图 5-15　"添加杂色"对话框

图 5-16　添加杂色后的效果

(6) 用"喷枪工具"将癞蛤蟆的边缘喷成相应的绿、白颜色。

(7) 按 Ctrl+D 键取消选区，在癞蛤蟆的头部用"椭圆选框工具"画一个小圆，并选择"渐变工具"中的径向渐变，用黑白色彩来填充，做成癞蛤蟆的黑白眼睛，如图 5-17 所示。完成后的最终效果如图 5-12 所示。

图 5-17　增加眼睛后的效果

三、相关练习

利用配套光盘中"第五章\案例 2"中的"双鱼 .jpg"和"海水 .jpg"素材，试制作出"双鱼 .psd"的效果。

四、案例讨论

(1) 讨论"路径选择工具" 和"直接选择工具" 之间的区别。

(2) 移动一个"路径"和移动一个"选区"以及移动一个"图像"是不是都用移动工具 ？如果不是，则移动"图像"、"选区"和"路径"分别用什么工具？

五、案例小知识

1. 渐变工具

"渐变工具"有多种类型，渐变出来的效果都有所不同。渐变类型有线性渐变、径向渐变、角度渐变、对称渐变和菱形渐变五种，如图 5-18 所示。

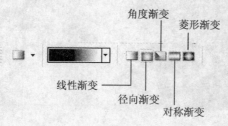

图 5-18　渐变种类

2．路径工具

路径工具有下面两种(如图 5-19 所示)：

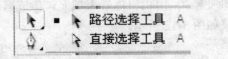

图 5-19　路径工具

(1) 路径选择工具 ：选择一个闭合的路径，或是一个独立存在的路径，可以用它来移动和复制路径。

(2) 直接选择工具 ：选择任何路径上的节点。可用鼠标点选其中一个或按 Shift 键连续点选多个，也可圈选选择多个。

3．自由钢笔工具

"自由钢笔工具"可以随意画路径，它不像"钢笔工具"有点可以控制形状，它是自由绘制的，没有点可以用来调节，如图 5-20 所示。

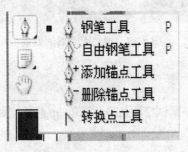

图 5-20　自由钢笔工具

六、案例拓展——海中花

图 5-21　海中花

案例点化：

(1) 打开配套光盘中的"小花 .jpg"文件，并勾勒"小花 .jpg"的路径。

(2) 打开配套光盘中的"海水 1 .jpg"文件，将小花的路径复制到"海水 1 .jpg"中，并将路径载入选区。

(3) 将选区填充成纯黄色，再用"喷枪工具"对小花喷红色边缘效果。

(4) 在小花中间用"椭圆选框工具"画一个圆，对圆的选区进行 8 个像素的羽化，并进行红色填充，以形成花蕊。

(5) 新建图层，将小花选区填充为纯黑色，并将小花层的"透明度"设成 53%，作为阴影层，再调整层的位置作为小花背影。(另外一个小花的制作过程相似。)

(6) 对海水背景层执行【滤镜】\【渲染】\【光照效果】命令，最终效果如图 5-21 所示。

案例 3　"美妙"流线字

一、案例效果与主要工具

图 5-22　"美妙"流线字

用到的主要工具：文字栅格化、钢笔工具、转换点工具、组合路径等。

二、案例操作

本案例的操作步骤如下：

(1) 新建一个 680 像素×460 像素的文件，分辨率设为 72 像素/英寸，颜色模式为 RGB。再新建一个背景层，填充为黑白渐变。

(2) 输入文字"美妙"，再选择【图层】\【栅格化】\【文字】项，如图 5-23 所示。

(3) 用"放大工具"放大图片，然后选择"钢笔工具"，按字的形状勾出流线笔画，将"美妙"两字连起来。再将"转换点工具" ⊦ 和"直接选择工具" ⊾ 配合使用，对"美妙"两字的连体路径部分进行调整(调整路径上各点的锚点)，使之如图 5-24 所示。

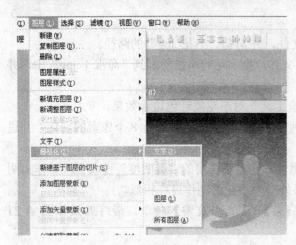

图 5-23　栅格化菜单

图 5-24　路径勾勒

(4) 选择刚才连体的路径 1，在路径调板下选择将路径转成选区按钮，并羽化为 0 像素。再填充和文字一样的红色，效果如图 5-25 所示。

(5) 新建一个独立的路径 2，用"钢笔工具"勾勒出一个"美"字的头，如图 5-26 所示。

图 5-25　选区填充后的效果

图 5-26　路径勾勒"美"字头

(6) 适当调整路径 2，将其转换成选区，并填充红色，再取消选框，如图 5-27 所示。

(7) 用"橡皮擦工具"　将"美"字头的多余边缘擦拭掉(注意选择多余点的所在图层)，效果如图 5-28 所示。

图 5-27　填充红色

图 5-28　用"橡皮擦工具"修整

(8) 继续用"钢笔工具"勾勒出多个路径，重复步骤(6)～(8)，制作出图 5-29 所示的效果。

图 5-29　勾勒填充后的效果

(9) 在"妙"字的一撇处，制作成手枪状，用"椭圆选框工具"画一小椭圆，再新建一图层，选取渐变工具中的"径向渐变"，将色彩设为黄、红渐变，然后在椭圆选区上制作出效果。最终效果如图 5-22 所示。

三、相关练习

结合本节所学知识，试制作出"旋律 .psd"的效果，如图 5-30 所示。

图 5-30　"旋律"字效果

四、案例讨论

"文字栅格化"、"文字转化成形状"和"创建工作路径"有什么异同点？

五、案例小知识

1. 文字栅格化

文字层与普通的图像层不同，它前面的缩览图是"T"字状的，说明这是一个文字层。在文字层里不能用选框工具对单独的某一部分做处理(如删除、滤镜等)，因为它是一个整体，无法改变某一部分。

栅格化也称像素化，就是改变文字层的构成，使它不再成为一个整体。栅格化之后，图像就是由无数个"像素"所构成的了，这时就可以用选框工具对它的某一部分像素进行处理了。

2. 文字创建工作路径

基于文字创建工作路径使得可以将字符作为矢量形状处理。文字可以像任何其他路径那样存储和操纵。文字路径不能再作为文本进行编辑，但原文字图层保持不变并可编辑。

注意： 在 Photoshop 中，使用"文字工具"输入汉字，并执行【图层】\【文字】\【创建工作路径】命令(如图 5-31 所示)后，系统却提示"不能完成请求"，这是为什么呢？

　　平时我们使用比较多的是 TTF 字体，这种字体是有轮廓数据的字体。如果出现上述错误提示可能是因为使用了非 TTF 类型的字体，这属于点阵结构的字体，无法转换成路径。解决方法是：选中输入的汉字，然后在工具栏上将字体样式重新设置为任意一款 TTF 字体即可(如宋体)。

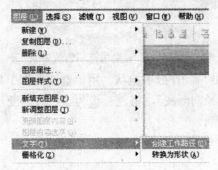

图 5-31　将文字创建成路径菜单

六、案例拓展——蓝月湾

图 5-32　蓝月湾

案例点化：

　　(1) 新建文件，并设置背景色，再输入"蓝月湾"三个字。

　　(2) 选择【图层】\【文字】\【创建工作路径】项，将"蓝月湾"三个字转换成路径，如图 5-33 所示。

图 5-33　用路径调整蓝月湾

　　(3) 用"删除锚点工具" 对一些多余的锚点进行删减，以方便调整。

　　(4) 用"转换点工具" 和"直接选择工具" 对文字路径进行调整，以达到理想的效果(这里可以对每一个字的路径分别进行调整)。

(5) 在路径调板中，对所调整的路径"建立选区"。

(6) 在图层调板中新建一图层，把文字填充成"蓝色"（"月"字单独调整并填充色彩）。最终效果如图 5-32 所示。

案例4　蛋　生　人

一、案例效果与主要工具

图 5-34　蛋生人

用到的主要工具：椭圆选框工具、钢笔工具和加深工具等。

二、案例操作

本案例的操作步骤如下：

(1) 新建一个 680 像素×460 像素的文件，分辨率设为 72 像素/英寸，颜色模式设为 RGB，并命名为"蛋生人"。

(2) 新建一个图层 1，用"椭圆选框工具"画一个椭圆，并用"直接选择工具"对椭圆的路径加以调整，如图 5-35 所示。

图 5-35　椭圆

(3) 把路径转换为选区，用 8% 的黑色填充选区（不要取消选区），再新建一个图层 2，选择"渐变填充工具"，将渐变的颜色参数设置为深灰色到浅灰色的渐变样式，深色处的数值为 R：108、G：100、B：100，浅色处的数值为 R：222、G：222、B：222，并在渐变条的中间增加一个浅色的渐变，调整面板如图 5-36 所示。

图 5-36　"拾色器"对话框

(4) 用"渐变工具"在选区拖拉，填充效果如图 5-37 所示，且不要取消选区。

图 5-37　椭圆外框

(5) 选取"椭圆选框工具"，按住 Alt 键再画一个椭圆，将原来椭圆左上部分的选区去除，然后按 Alt+Ctrl+D 键对选区羽化 5 个像素，效果如图 5-38 所示。不要取消选区。

(6) 选择菜单中的【图像】\【调整】\【亮度/对比度】项，将"亮度/对比度"进行相应的设置，具体参数如图 5-39 所示，其效果如图 5-40 所示。

图 5-38　弯形选区　　　图 5-39　"亮度/对比度"对话框　　　图 5-40　调整"亮度/对比度"后效果

(7) 将此图层复制一个图层 2 副本，置于最上层，执行【滤镜】\【杂色】\【添加杂色】命令，数量设为 3，再执行【滤镜】\【渲染】\【光照效果】命令，设置如图 5-41 所示，完成后将图层的混合模式改为叠加。效果如图 5-42 所示。

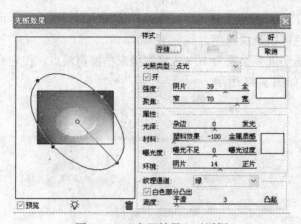

图 5-41 "光照效果"对话框　　　　　　图 5-42 调整光照后效果

(8) 回到图层 2，用"椭圆选框工具"将蛋的左上部分框选出来，再按 Alt+Ctrl+D 键作羽化处理，羽化半径为 25 像素，重复一次羽化，按 Ctrl+M 键调入"曲线"对话框，调整参数如图 5-43 所示，将选中的羽化后的部分调亮一点。再用"渐变工具"给背景层填充上黄红渐变色，效果如图 5-44 所示。

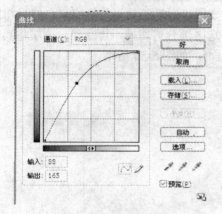

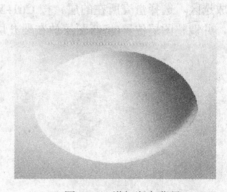

图 5-43 "曲线"对话框　　　　　　图 5-44 增加渐变背景

(9) 用"钢笔工具"将蛋壳敲碎的部分勾勒出来，其路径如图 5-45 所示。

(10) 将路径转换成选区，再分别选中图层 2 和图层 2 副本，将被选中部分删除，不要取消选区。选择图层 1，按 Ctrl+M 键调入"曲线"对话框，将其调得暗一些，得到如图 5-46 所示的效果。

图 5-45 用"钢笔工具"勾勒路径　　　　　　图 5-46 调整曲线后效果

(11) 在图层 2 上面新建一个图层 3，用"画笔工具"将蛋壳碎片边缘的裂缝画出来，可将画笔的大小设置为 1 像素，所用颜色可以是深灰色。

(12) 选用"橡皮擦工具"，把"不透明度"设置为 10%，将裂缝末梢擦得淡点，使它看上去能与蛋壳本身有很好的衔接，效果如图 5-47 所示。

图 5-47　裂缝处理　　　　　　　　　　　　图 5-48　加深颜色

(13) 回到图层 1，按住 Ctrl 键点选图层 1，再用"加深工具"涂抹，效果如图 5-48 所示。

(14) 打开配套光盘中的"案例 4\素材\婴儿 .jpg"文件。用"钢笔工具"将婴儿勾勒出来，调整好路径并转化为选区，再复制到"蛋生人"文件中，如图 5-49 所示。

(15) 新建一个路径，将蛋壳中挡住婴儿的部分用"钢笔工具"勾勒出来，然后将路径转换成选区，选择蛋壳所在的层，按 Ctrl+X 键将选区部分剪切掉，再新建一图层将其粘贴上去，并调整图层位置(将新图层放在婴儿层的后面)，如图 5-50 所示。

 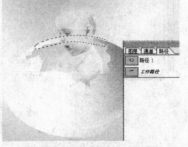

图 5-49　复制婴儿　　　　　　　　　　　　图 5-50　剪切并粘贴图层

(16) 用同样的方法，将婴儿的手勾勒出来，剪切并粘贴到新的图层，并调整图层位置。保持选区并进行 16 像素的羽化，然后新建一层填充为灰色，再将图层调整到婴儿手图层的下面作为手的阴影，设置图层的"不透明度"为 61%，效果如图 5-51 所示。

图 5-51　增加蛋壳效果

(17) 按住 Ctrl 键点选图层 2，使它的选区浮起，再回到人物身体的图层，将选区内的部分删除，然后将身体跟手的图层合并，并按 Ctrl+M 键将人物整体调亮。

(18) 在背景层上面新建一个图层，并用"椭圆选框工具"画一个椭圆，羽化为 15 像素，以灰色填充，然后执行【滤镜】\【模糊】\【动感模糊】命令，角度可以自己调节。最终效果如图 5-34 所示。

三、相关练习

结合本节所学知识，试制作出配套光盘中"第五章\案例 4\冰环婴儿 .psd"的效果，如图 5-52 所示。

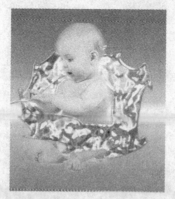

图 5-52　冰环婴儿

四、案例讨论

为什么选择了箭头以后，没有路径控制点，且什么反应也没有？

五、案例小知识

贝塞尔曲线：由节点连接而成的线段组成的直线或曲线，每个节点都有控制点，允许修改线条的形状。贝塞尔曲线以节点标记路径段的端点。在曲线段上，每个选中的节点显示一条或两条方向线，方向线以方向点结束。方向线和方向点的位置决定了曲线段的大小和形状，移动这些因素将改变曲线的形状，如图 5-53 所示。

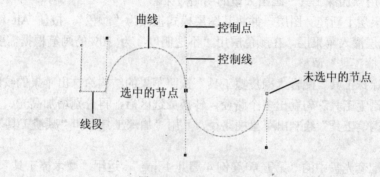

图 5-53　贝塞尔曲线

贝塞尔曲线包括对称曲线和尖突曲线。对称曲线由对称点(即节点)连接，当在对称点上移动方向线时，将同时调整对称节点两侧的曲线段；而尖突曲线由角点连接，当在角点上移动方向线时，只调整与方向线同侧的曲线段，如图 5-54 所示。

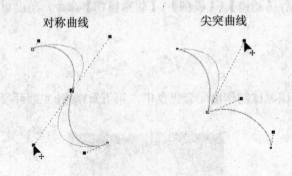

图 5-54　对称曲线与尖突曲线

六、案例拓展——苹果人

图 5-55　苹果人

案例点化：

(1) 新建文件，设置背景色为红黄径向渐变。

(2) 用"钢笔工具"勾勒出苹果形状，用"直接选择工具"进行修改，并转换成选区，以灰色填充，用"加深工具"画出大概的明暗效果。

(3) 在苹果层上新建一图层，并将其图层模式也改为"颜色"。按住 Alt 键在两层之间点击，使颜色层灌入苹果层。在颜色层用"不透明度"为 30%的画笔根据需要填上颜色，可配合"橡皮擦工具"调整。

(4) 用"涂抹工具"配合"橡皮擦工具"按照苹果的结构涂抹出苹果的纹路。

(5) 用"钢笔工具"勾勒出多个路径，转换成选区后，再分别增加高光、反光等效果。

(6) 用"钢笔工具"绘制出苹果梗路径，并用"加深工具"和"减淡工具"涂抹出苹果梗的明暗效果。

(7) 打开配套光盘中的"第五章\案例 4\婴儿 1 .jpg"，运用"魔术棒工具"、"移动工具"等将小孩的头抠出来放入苹果文件中，并对其进行面向苹果的球面化，将图层模式设为"叠加"，调整不透明度至合适效果，再用"橡皮擦工具"去掉多余的部分。

(8) 从婴儿图中将婴儿的腿抠出来，拖进苹果文件中，放入苹果的下方，再适当地调整不透明度和色彩，使其接近苹果的颜色。

(9) 用"涂抹工具"对苹果进行涂抹，涂抹出两只卡通手。最终效果如图 5-55 所示。

案例 5 "hello" 彩虹管

一、案例效果与主要工具

图 5-56 "hello" 彩虹管

用到的主要工具：描边路径、画笔预设和涂抹工具等。

二、案例操作

本案例的操作步骤如下：

(1) 新建一个大小为 2 cm×2 cm 的文件，分辨率设为 72 像素/英寸，颜色模式为 RGB，背景内容为"透明"。

(2) 选择"椭圆选框工具"，按住 Shift 键画一个直径接近 2 cm×2 cm 的小圆，新建一图层，选择"渐变工具"，并设为"角度渐变"，打开渐变编辑器选择"透明彩虹"，如图 5-57 所示。然后在圆正中填充渐变色，效果如图 5-58 所示。

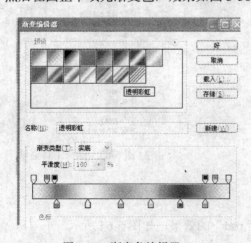

图 5-57 渐变色编辑器

图 5-58 渐变效果

(3) 选择菜单中的【编辑】\【定义画笔预设】项，在弹出的"画笔名称"对话框中对新的画笔任取一个名字(如 bq)，如图 5-59 所示。

图 5-59　"画笔名称"对话框

(4) 新建一个 800 像素×600 像素的文件，背景色填充为红黄渐变色，并命名为"Hello"。

(5) 选择"钢笔工具"，将钢笔选项设为"路径"，然后绘制出"Hello"字样，并调整贝赛尔曲线，使其效果如图 5-60 所示。

(6) 切换到小圆文件中，用"移动工具"将彩色小圆移动到"Hello"文件中，如图 5-61所示。然后选择"涂抹工具"，设置"强度"为 100%，勾选用于所有图层，选择涂抹的画笔类型为新建的"bq"预设笔(最新建立的预设笔在滑块的最下面)，如图 5-62 所示。

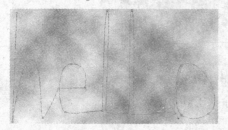

图 5-60　路径画字

图 5-61　移入彩色小圆

(7) 选择路径调板，右击"工作路径"，在弹出的菜单中选择"描边路径"。在随之弹出的"描边路径"对话框的"工具"下拉列表中选择"涂抹"，如图 5-63 所示，再点击"好"按钮。最终效果如图 5-56 所示。

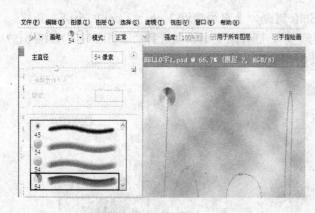

图 5-62　画笔类型

图 5-63　涂抹工具菜单

三、相关练习

结合本节所学知识，试制作出"花瓣字.psd"的效果，如图 5-64 所示。

图 5-64　花瓣字

四、案例讨论

"描边路径"命令可用于绘制路径的边框,它和"描边图层"的效果有哪些不同?

五、案例小知识

"描边路径"的操作方法如下:

(1) 先选好画笔,并调好画笔尺寸。

(2) 在路径调板中选中一个路径,并右击,弹出如图 5-65 所示的菜单,从中选择"描边路径"即可弹出"描边路径"对话框。

(3) 在"描边路径"对话框的"工具"下拉列表中选择一种工具以进行描边,完成后单击"好"按钮即可。

注意:描边路径必须在普通层中进行,在形状层中是不能对路径进行描边的。

图 5-65　描边路径

六、案例拓展——人头马

图 5-66　人头马

案例点化:

(1) 新建文件,大小为 8 cm×5 cm,设置背景色为"透明"。

(2) 在配套光盘中,打开三个小婴儿的图片,将三个小婴儿的头部图像抠出来,放在文件中,并将此文件定义为"画笔预设"。

(3) 新建一个文件,设置为"渐变彩虹"背景。

(4) 用"钢笔工具"勾勒出一个流水状的路径，将小婴儿的头部图像移动到此文件的路径的顶部。

(5) 选择"涂抹工具"，设置"强度"为100%，勾选用于所有图层，选择涂抹的画笔类型为步骤(2)中的预设画笔。

(6) 切换到路径调板中，选择"涂抹工具"给路径描边。最终效果如图5-66所示。

案例6　蓝色酒杯

一、案例效果与主要工具

图 5-67　蓝色酒杯

用到的主要工具：描边路径和路径的综合运用等。

二、案例操作

本案例的操作步骤如下：

(1) 新建一个600像素×800像素的文件，分辨率设为72像素/英寸。

(2) 选择"钢笔工具"，点击"路径"选项，勾画出如图5-68所示的路径并保存。

(3) 将路径转换成选区，新建一图层，命名为"杯身"，填充为深灰色，如图5-69所示。

(4) 复制"杯身"层成为"杯身副本"层，执行【编辑】\【变换】\【水平翻转】命令，再按住Shift键将"杯身副本"层水平移动到右边，形成酒杯状，如图5-70所示。

图 5-68　半杯路径　　　　　图 5-69　填充灰色　　　　　图 5-70　复制成整个杯子

（5）选取"椭圆选框工具"，并选择"添加选区"项，在杯口画出两个同心圆。再新建一图层，选择"渐变工具"，调整成蓝白渐变，对选区进行填充，然后用"减淡工具"和"加深工具"对其杯口沿进行加工，如图 5-71 所示。双击该层，在"图层样式"中选择"斜面和浮雕"选项，具体设置如图 5-72 所示。

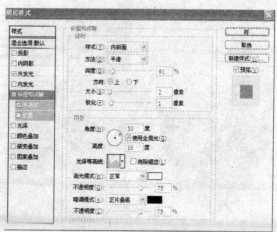

图 5-71　杯口沿设置　　　　　　　　　图 5-72　"图层样式"对话框

（6）新建一图层，命名为"杯脚"，选择"椭圆选框工具"在杯子的脚上画一个椭圆形的杯脚，填充为灰白渐变色。再将此复制一层，按住 Ctrl 键并单击该层，使之成为选区，填充为灰色，并将此层调整到杯脚层的下面，作为其阴影。

（7）用"钢笔工具"勾勒出杯脚圆形的交接口，保存其路径后，将其转换成选区，再新建一图层，填充为黑灰渐变，其效果如图 5-73 所示。

（8）将杯身层不透明度调整为 19%，使其接近透明。用"钢笔工具"勾勒出杯中酒水样子，并将其转换成选区，羽化值为 5 像素，然后新建一图层，填充为深蓝到蓝色渐变，再将选区缩小 5 像素，并作 2 像素羽化，再新建一图层，填充为淡蓝色，并调整其层的位置，如图 5-74 所示。

（9）用"钢笔工具"从杯沿勾勒出酒旁边的黑色杯底和杯沿，并转换成选区，再新建一图层，填充为黑灰色。

图 5-73　杯脚填充渐变　　　　　　　　　图 5-74　填充蓝色酒水

(10) 用"椭圆选框工具"画出酒的表面部分，并新建一图层，填充为蓝白渐变色，效果如图 5-75 所示。再对该层执行【滤镜】\【扭曲】\【海洋波纹】命令，具体设置如图 5-76 所示，酒水效果如图 5-77 所示。

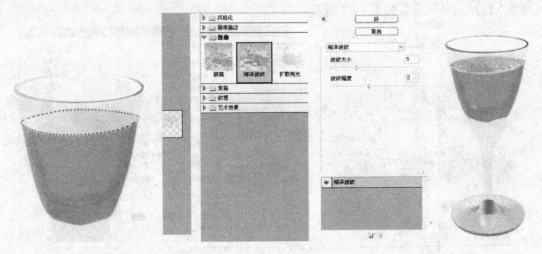

图 5-75　酒的表面　　　　　图 5-76　海洋波纹面板　　　　　图 5-77　酒水效果

(11) 用"钢笔工具"对杯身到杯脚的部分沿着杯边进行勾勒，将路径保存后转换成选区，并新建一图层，填充为黑白渐变色，执行【滤镜】\【纹理】\【纹理化】命令，具体设置如图 5-78 所示。此外再双击该层进行图层样式的调整，选择"斜面和浮雕效果"，具体设置如图 5-79 所示，效果如图 5-80 所示。

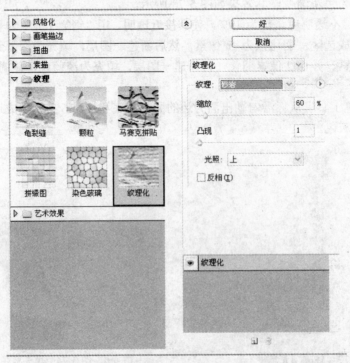

图 5-78　纹理化面板

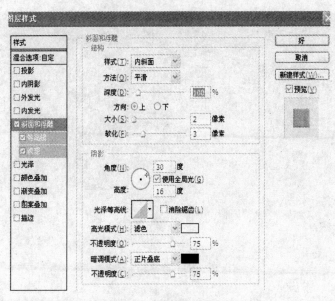

图 5-79　斜面和浮雕面板

(12) 至此，酒杯就基本成型了，现在开始做细微的工作。用"钢笔工具"分别在杯脚、杯口等勾勒出来一些区域以实现高光效果，再将路径转换成选区，适当进行羽化，填充为灰白渐变，并用"加深工具"与"减淡工具"进行处理，使其具有朦胧效果，如图 5-81 所示。最终效果如图 5-67 所示。

图 5-80　"斜面和浮雕"效果　　　　图 5-81　加入高光和朦胧后效果

三、相关练习

结合本节所学知识，试制作出图 5-82 所示的"水杯 .psd"效果。

图 5-82　水杯

四、案例讨论

如何用路径勾勒出高光效果？

五、案例小知识

将选区转换成路径的方法：在选区的任意处点击右键，然后在弹出的菜单中选择"建立工作路径"，如图 5-83 所示。

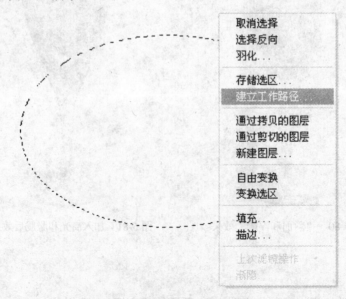

图 5-83　将选区转换为工作路径

六、案例拓展——加冰的红酒杯

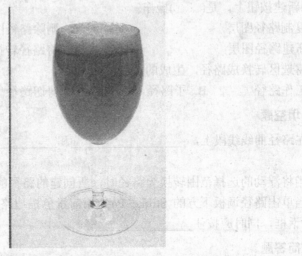

图 5-84 加冰的红酒杯

案例点化：

(1) 新建一个 400 像素×600 像素的文件，并设置背景色为灰白渐变。

(2) 用"钢笔工具"勾画出杯子的形状，并描边为 1 个像素的灰色。

(3) 将路径转换成选区并同心缩小选区，再填充为红酒色。

(4) 对红酒部分进行模糊处理，用"喷枪工具"对红酒边缘进行深红色喷涂。

(5) 在杯脚处，用"钢笔工具"勾勒出高光和反光区域，并填充为白色，再进行模糊处理以及色彩加深和减淡处理。最终效果如图 5-84 所示。(思考：如何制作红酒上方的小冰块，特别是冰酒混合处?)

综 合 练 习

一、判断题

1．路径是由直线、曲线、锚点组成的。(   )

2．使用"钢笔工具"可以绘制的最简单的线条是直线。(   )

3．在按住 Alt 键的同时，使用"移动工具"将路径选择后，拖拉该路径可将该路径复制。(   )

二、选择题

1．以下有关路径的说法，正确的是(   )。

A．无论图像以何种格式保存，路径调板都可以永久地存放图形的路径以便修改图像

B．路径调板可以将所描的路径转换为选区以便对图像进行修改，选区也可以转换为路径保存起来

C．路径调板可以将所描的路径转换为选区以便对图像进行修改，选区却不能转换为路径保存起来

D. 路径调板中只能保存图像中的一条路径

2. 在路径面板中如果选择了某一路径图层，然后按住左键不放，将该通道拖放到路径面板中的新建按钮上，是(　　)操作。

A. 复制路径图层　　　　　　　　　　B. 删除路径图层

C. 新建路径图层　　　　　　　　　　D. 将路径转换为选区

3. 将选区转换成路径，生成的是(　　)。

A. 工作路径　　　　　B. 子路径　　　　　C. 剪切路径　　　　　D. 保存的路径

三、填空题

1. 在路径曲线线段上，_____和_____的位置决定了曲线段的形状。

2. 当将浮动的选择范围转换为路径时，所创建的路径的状态是_____。

3. 当单击路径调板下方的 Stroke Path(用前景色描边路径)图标时，若想弹出选择描边工具的对话框，同时应按住_____键。

四、简答题

1. 有哪些工具可以制作路径？

2. 如何制作路径文字(让文字沿着路径旋转)？

第六章 通道的应用

<table>
<tr><td>本章
导读</td><td>通道与图层一样，都是 Photoshop 的重要功能，在 Photoshop 中起着举足轻重的作用。本章我们将通道的使用、Alpha 通道转换以及通道结合滤镜的应用等知识点分解到六个案例中，使得大家在制作有趣案例的同时自然而然地学会通道的每个知识点。</td></tr>
</table>

案例1 奔驰的汽车

一、案例效果与主要工具

"动感模糊"滤镜
"起风"滤镜
通道的使用

用到的主
要工具

图 6-1 奔驰的汽车

二、案例操作

本案例的操作步骤如下：

(1) 打开配套光盘中的"第六章\案例 1\汽车.jpg"图像。

(2) 选择"磁性套索工具" ，并拖动鼠标左键选择汽车的外形，再按 Ctrl+J 键，将汽车复制到新建的"图层 1"中。

　　(3) 在图层调板中，设置"背景层"为当前层，执行菜单栏中的【滤镜】\【模糊】\【动感模糊】命令，并在弹出的"动感模糊"对话框中设置参数，如图 6-2 所示。确定后的效果如图 6-3 所示。

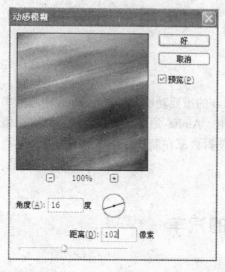

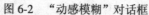

图 6-2　"动感模糊"对话框

图 6-3　动感模糊

　　(4) 在通道调板中，单击下方的新建按钮 ，得到"Alpha 1"通道，如图 6-4 所示，将其激活，然后选择"渐变填充工具"，在其属性栏中设置渐变色为白色到黑色的线性渐变。然后在图像文件中，按住鼠标左键，自右向左拖曳，效果如图 6-5 所示。

图 6-4　新建通道

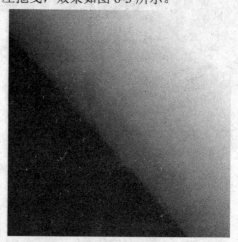

图 6-5　线性渐变

　　(5) 按住 Ctrl 键，单击通道调板中的"Alpha 1"，此时图像文件中建立了一个选择区域，如图 6-6 所示。

　　(6) 设置"图层 1"为当前层，单击 Delete 键，然后取消选区，汽车的奔驰效果便制作完成了。

　　(7) 在通道调板中，单击下方的 按钮，建立新的通道，自动命名为"Alpha 2"，如图 6-7 所示。

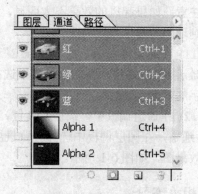

图 6-6 建立选区   图 6-7 新建通道

(8) 将前景色设置为白色，单击工具箱中的 T 按钮，在其属性栏中设置如图 6-8 所示的参数。再将光标放置在图像文件区域中的左上角，输入文字"奔驰"，如图 6-9 所示。

图 6-8 T 属性栏

图 6-9 输入文字

(9) 在通道调板中，将"Alpha 2"拖曳至 按钮处，复制出"Alpha 2 副本"。

(10) 设置"Alpha 2"为当前层，然后执行【滤镜】\【风格化】\【起风】命令，在弹出的"风"对话框中设置各项参数，如图 6-10 所示，再单击"好"按钮确定。

图 6-10 "风"对话框

注意：如果起风的效果不太明显，则按键盘中的 **Ctrl+F** 键，可再次执行起风命令，直至达到理想的起风效果为止。

（11）在通道调板中，将"Alpha 2"通道拖至载入选取范围按钮 ○ 上，得到一个选区。然后激活 RGB 通道，在图层调板中选择"背景层"，并将选区填充为#F9E400，即可得到风文字的效果。

（12）在通道调板中，按住 Ctrl 键，并单击"Alpha 2 副本"，得到一个选区。然后激活 RGB 通道，在图层调板中选择"背景层"，并将选区填充为#1D5403，即得到"奔驰的汽车"效果图，如图 6-1 所示。

三、相关练习

结合本节所学知识，利用配套光盘上"第六章\案例 1"中的"碧水.jpg"和"小狗.jpg"文件，试制作出"小狗跳进水里啦.psd"的效果。

四、案例讨论

（1）如何利用通道得到不同形状的选区？
（2）总结制作选区的几种方法。

五、案例小知识

1．通道的主要功能

通道有如下两个主要功能：

（1）存储图像的色彩资料。RGB 色彩模式的图像由红、绿、蓝三种颜色组成，这些单元色在 Photoshop 的通道调板中用三个通道分别存储，如图 6-11 所示，这三个通道组合即成一个用于编辑图像的复合通道。而 CMYK 色彩模式的图像则由青色、洋红、黄色、黑色四种颜色组成，在通道调板中用四个通道分别存储。

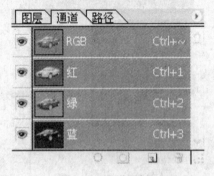

图 6-11　通道调板 1

（2）存储选区范围。在通道调板中，除了系统给定图像的通道外，还可以新建一些通道。这些新建通道主要用来创建或编辑选区，其系统默认名是 Alpha，如图 6-12 所示。

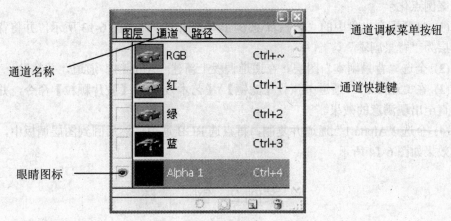

图 6-12 通道调板 2

2．显示通道调板

显示通道调板的方法为：选取【窗口】\【通道】项，或直接单击通道调板选项卡即可。

3．通道调板中的按钮功能

通道调板的底部有四个按钮(参见图 6-12)，各按钮的功能如下：

(1) ○ (将通道作为选取范围载入)：单击可将当前作用通道中的内容转换为选取范围，或者直接将某一通道拖动至该按钮上。

(2) ▢ (将选区保存为通道)：单击可将当前图像中的选取范围转变成一个蒙版保存到一个新增的 Alpha 通道中。

(3) ▣ (创建新通道)：单击可以快速建立一个新通道。在 Photoshop 中最多允许有 24 个通道(其中包括各原色通道和主通道)。此外，如果拖动某个通道至该按钮上就可以快速复制该通道。

(4) ▨ (删除当前通道)：单击可以删除当前作用通道，或者用鼠标拖动通道到该按钮上也可以删除。(注：主通道(如 RGB)不能删除。)

六、案例拓展——雪景

图 6-13 雪景原图　　　　　　　　　　图 6-14 效果图

案例点化:

(1) 打开配套光盘中的"第六章\案例 1\雪景原图",如图 6-13 所示,并将背景图层复制一层为"背景副本"。

(2) 全选"背景副本"图层,在通道调板上新建"Alpha 1"通道,并粘贴。

(3) 在"Alpha 1"通道中执行【滤镜】\【艺术效果】\【胶片颗粒】命令,并调整各参数,直至出现满意的效果。

(4) 全选"Alpha 1"通道并复制,再点选 RGB 通道,然后回到图层调板中,并粘贴。最终效果如图 6-14 所示。

案例 2　钢　　环

一、案例效果与主要工具

图 6-15　钢环

用到的主要工具:标尺的运用与参考线的设定、选取范围与 Alpha 通道之间的转换、选取范围之间的加减、多边形工具、渐变工具和"光照效果"滤镜等。

二、案例操作

本案例的操作步骤如下:

(1) 选择【文件】\【新建】命令,新建一个 400 像素×400 像素的文件,分辨率为 200 像素/英寸,颜色模式为 RGB,"内容"选择为透明。

(2) 按 Ctrl+R 组合键,显示标尺。然后,在刻度上单击鼠标右键以切换标尺的单位,这里选择为像素,如图 6-16 所示。

(3) 用鼠标在左边的标尺刻度内按住不放并向右拖曳,设定垂直的参考线,并确定水平中心点;再用鼠标在上边的标尺刻度内按住不放并向下拖曳,设定水平的参考线,并确定垂直中心点。

(4) 选取"椭圆选框工具" ○,在属性栏中设置"样式"为固定大小,"宽度"和"高度"均为 350 像素。然后按住 Alt 键,对准中心点后点击,即出现一个由中心点向外扩散的正圆,如图 6-17 所示。

图 6-16　选择像素

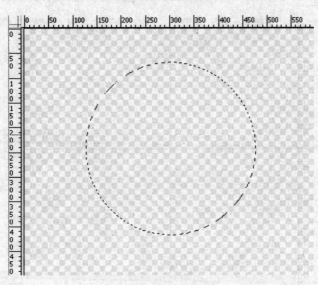

图 6-17 正圆

再执行【选择】\【存储选区】命令,使用默认值,如图 6-18 所示。

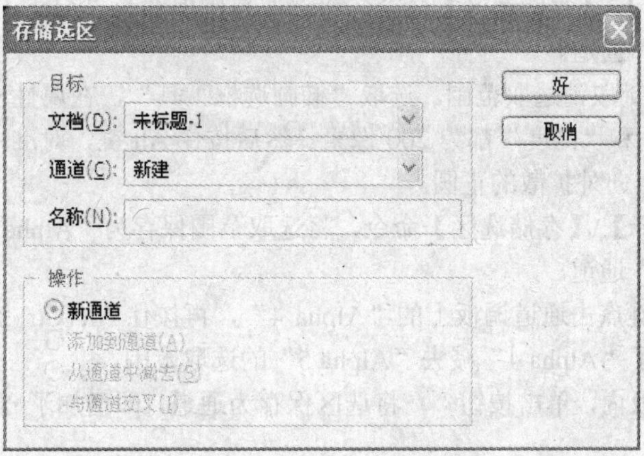

图 6-18 "存储选区"对话框

(5) 切换到通道调板,可看到增加了一个"Alpha 1"通道(默认的黑色代表非选择区域,白色代表选择区域)。然后切换回图层调板,按 Ctrl+D 键取消选取范围。重复步骤(4),增加一个"Alpha 2"通道(白色区域是"宽度"和"高度"都为 320 像素,由中心点向外扩散的正圆)。

(6) 执行【选择】\【载入选区】命令,在弹出的对话框中将"通道"选择为 Alpha 1,在"操作"中选择"新选区",即载入"Alpha 1"的选取范围,得到一个环形选区,如图 6-19 所示。

(7) 在通道调板内,单击按钮 将选区保存为通道,增加一个"Alpha 3"通道。

(8) 按 Ctrl+D 键取消选取范围,点选工具箱中的"椭圆选框工具",在属性栏上设定"样式"为固定大小,"宽度"和"高度"都为 280 像素。然后按住 Alt 键,对准中心点单击一下,便会出现一个由中心点向外扩散的正圆。

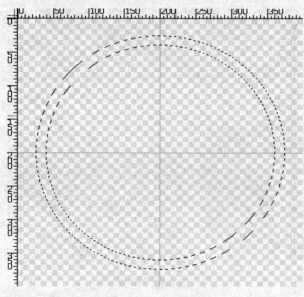

图 6-19　环形选区

(9) 执行【选择】\【存储选区】命令，将选取范围保存为"Alpha 4"，通道调板上即增加一个"Alpha 4"通道。

(10) 按 Ctrl+D 键取消选取范围。选取"椭圆选框工具"，在属性栏上设定"样式"为固定大小，"宽度"和"高度"都为 200 像素。然后按住 Alt 键，对准中心点单击一下，便会出现一个由中心点向外扩散的正圆。

(11) 执行【选择】\【存储选区】命令，将选取范围保存为"Alpha 5"，通道调板上即增加一个"Alpha 5"通道。

(12) 按住 Ctrl 键点击通道调板上的"Alpha 4"，再按住 Alt+Ctrl 键单击通道调板上的"Alpha 5"即得到了"Alpha 4"减去"Alpha 5"的选取范围。

(13) 在通道调板内，单击按钮 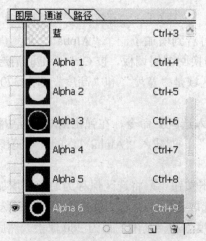 将选区保存为通道，即增加了一个"Alpha 6"通道，如图 6-20 所示。

图 6-20　新建"Alpha 6"通道

（14）按住 Ctrl 键单击通道调板上的"Alpha 3"，再按住 Ctrl+Shift 键单击通道调板上的"Alpha 6"，这样"Alpha 3"与"Alpha 6"的选取范围就相加在了一起。

（15）在通道调板内，单击按钮 [■] 将选区保存为通道，增加一个"Alpha 7"通道。

（16）按 D 键设置前景色为白色。再选择工具箱中的"多边形工具" ○，在属性栏中设置边数为 3。然后在"Alpha 7"的中间单击，按住 Shift 键垂直向上拖动，直至到达最里面的白色圆的边线即松开鼠标，这样就绘制出了一个三角形，如图 6-21 所示。最后按 Ctrl+R 键和 Ctrl+：键取消标尺和参考线的显示。

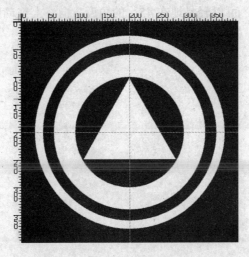

图 6-21　绘制三角形

（17）在通道调板的"Alpha 7"上单击鼠标右键，在弹出的菜单中选择"复制通道"命令，复制"Alpha 7"通道，并将复制的通道取名为"Alpha 8"。

（18）对"Alpha 8"执行【滤镜】\【模糊】\【高斯模糊】命令，并设置半径为 5，再按住 Ctrl 键单击一下"Alpha 7"，即在"Alpha 8"中加载了"Alpha 7"的选取范围。制作好的八个通道如图 6-22 所示。

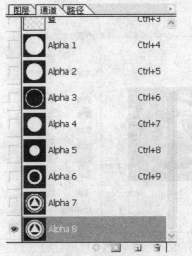

图 6-22　通道调板

(19) 保持选取范围，执行【选择】\【修改】\【收缩】命令，收缩量设为 3 像素，再填充为白色，并取消选取范围。

(20) 单击通道调板的 RGB 通道，再按住 Ctrl 键单击 "Alpha 7"，加载 "Alpha 7" 为选取范围，如图 6-23 所示。再选取工具箱中的 "渐变工具"，在属性栏中单击渐变样式，在弹出的 "渐变编辑器" 对话框中编辑渐变色为棕色(R：124，G：109，B：77)和白色相间的渐变。完成后，按住 Shift 键，用鼠标在选取范围内由上而下拖曳填色，完成后如图 6-24 所示。

注意： 按住 Shift 键，可以轻易地在 45° 的角度方向线上拖动鼠标进行渐变填充。

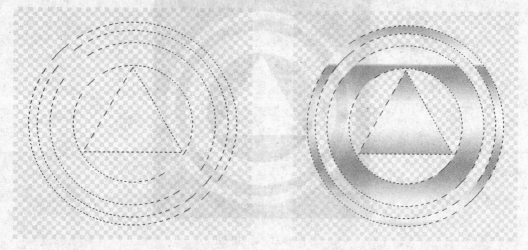

图 6-23　"Alpha 7" 选区　　　　　　　　　图 6-24　填充渐变效果

(21) 执行【选择】\【反选】命令，将选取范围反转，并将选区填充为黑色。

(22) 执行【滤镜】\【渲染】\【光照效果】命令，在 "纹理通道" 中选择 Alpha 8，在右边的两个颜色框中，将上面的颜色框设置为棕色(R：143，G：112，B：89)，下面的颜色框设置为浅黄色(R：238，G：249，B：179)，然后调整其他选项，如图 6-25 所示。完成后的效果如图 6-15 所示。

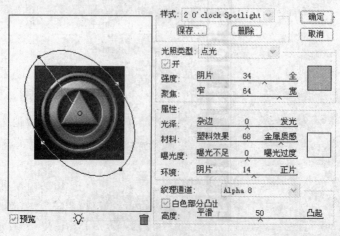

图 6-25　"光照效果" 对话框

三、相关练习

(1) 发挥你的想象，制作一个有创意的徽标。

(2) 试制作出配套光盘中"第六章\案例2\mark.jpg"的效果。

四、案例讨论

(1) Photoshop 的通道中，默认的黑色代表非选择区域，白色代表选择区域，那么灰色部分呢？

(2) 讨论图6-18中"操作"项中的几个选项的作用。

五、案例小知识

1．标尺

在不隐藏标尺的情况下，标尺会显示在现用窗口的顶部和左侧，标尺内的标记可显示出指针移动时的位置。更改标尺原点(左上角标尺上的(0, 0)标志)可以从图像上的特定点开始度量。标尺原点还决定了网格的原点。

(1) 显示或隐藏标尺：选取【视图】\【标尺】项，或按快捷键 Ctrl+R 即可。

(2) 更改标尺的原点，步骤如下：

① 要将标尺原点对齐参考线、网格、切片或者文档边界，可选取【视图】\【对齐到】项，然后从子菜单中选取所需的页即可。

② 将指针置于窗口左上角标尺的交叉点上，然后沿对角线向下拖移到图像上。这时会出现一组十字线，它们标出了标尺上的新原点。

③ 如果要让标尺原点与标尺刻度对齐，可在拖移时按住 Shift 键。

注意：要将标尺原点还原到默认值，可双击标尺的左上角。

(3) 更改标尺设置，可执行下列操作之一：

① 双击标尺，在弹出的对话框中可对标尺进行重新设置。

② 选取【编辑】\【首选项】\【单位与标尺】。

③ 在标尺的刻度上单击鼠标右键，选取测量单位。

注意：更改信息调板上的单位将自动更改标尺上的单位。

2．通道的选择和编辑

单击通道名称可选择一个通道，按住 Shift 键单击可以选择(或取消选择)多个通道。通道调板中允许选择一个或多个通道，且所有选中的或现用的通道的名称被突出显示，而所做的任何编辑更改均适用于现用通道。

使用绘画或编辑工具在图像中绘画时，用白色绘画可以按 100%的强度来添加选中通道的颜色，用灰色绘画可以按较低的强度添加通道的颜色，用黑色绘画则可完全移去通道的颜色。

六、案例拓展——灯管字的制作

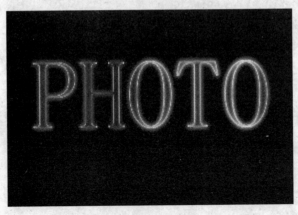

图 6-26　灯管字

案例点化：

(1) 新建一个 300 像素×200 像素，背景色为"黑色"的 RGB 文档。

(2) 在通道调板中新建"Alpha 1"通道，并在新通道中输入文字。

(3) 取消选择，复制"Alpha 1"通道为"Alpha 1 副本"，并对"Alpha 1 副本"执行【滤镜】\【模糊】\【高斯模糊】命令，半径设为 2.0。

(4) 执行【图像】\【计算】命令，参数设置如图 6-27 所示。

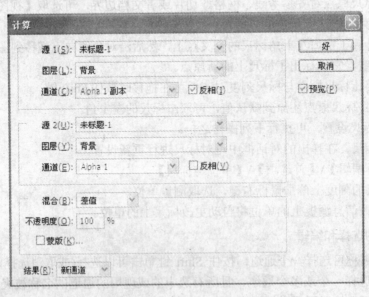

图 6-27　参数设置

(5) 全选"Alpha 2"通道并复制，再回到 RGB 通道进行粘贴。

(6) 执行【图像】\【调整】\【反相】命令。

(7) 选择"渐变工具"，渐变类型为色谱，并拖动鼠标进行渐变操作，完成后的最终效果如图 6-26 所示。

案例3　彩　　虹

一、案例效果与主要工具

图 6-28　彩虹

用到的主要工具：图层的混合模式(屏幕)和通道等。

二、案例操作

本案例的操作步骤如下：

(1) 打开配套光盘中的"第六章\案例 3\hill.jpg"图像。

(2) 新建一图层，并将新建图层填充成黑色。

(3) 选择"渐变工具" ，在其属性栏中选择"径向渐变"，并在"当前渐变色"上单击，出现"渐变编辑器"对话框，如图 6-29 所示。在该对话框中选定黑色到白色的渐变，然后在"渐变效果预视条"的下端，分别在不同的位置单击，在 85%、86%、87%、88%、89%、90%、91%、92%、93%、94%处添加各种不同颜色的"色标"，完成后单击"好"按钮。然后在图像编辑区中，以左下角为起点，按住鼠标左键并拖动一定的距离，即得到彩虹样的渐变填充，如图 6-30 所示。(注：这时原图美丽的景色全都不见了，不必担心，继续以下操作即可。)

图 6-29　渐变编辑器　　　　　　　　　　图 6-30　彩虹外形 1

(4) 在图层调板中选择图层混合模式为"屏幕"，得到的彩虹如图 6-31 所示，但是彩虹还不够逼真，继续以下操作即可。

图 6-31　彩虹外形 2

(5) 在图层调板中，将彩虹层设置为不可见，并将背景层设置为当前层。

(6) 打开通道调板，观察红、绿、蓝三个颜色通道，选择颜色对比较大的一个作为当前通道，此处选择绿色通道。然后按住 Ctrl 键单击缩略图，即得到选区，再执行菜单中的【选择】\【反选】命令，反转选区，选择 RGB 综合通道。

(7) 回到图层调板，选择彩虹层为当前层，按 Delete 键删除不需要的部分。至此，彩虹和背景就融洽地结合在一起了，如图 6-28 所示。

三、相关练习

结合本节学过的知识，用"第六章\案例 3"中的"碧水.jpg"和"香花.jpg"图片，制作一张花的水中倒影的效果图。

四、案例讨论

(1) 如何让彩虹若隐若现？
(2) 讨论各种图层混合模式的应用效果。

五、案例小知识

屏幕用来查看每个通道的颜色信息，并将混合色的互补色与基色复合，结果色总是较亮的颜色，用黑色过滤时颜色保持不变，用白色过滤将产生白色。此效果类似于多个摄影幻灯片在彼此之上投影。

- 基色：图像中的原稿颜色。
- 混合色：通过绘画或编辑工具应用的颜色。
- 结果色：混合后得到的颜色。

六、案例拓展——蓝色情调

图 6-32　绿色情调　　　　　　　　　　图 6-33　效果图

案例点化：

(1) 打开配套光盘中的"第六章\案例 3\绿色情调"，如图 6-32 所示。

(2) 切换到通道调板，选择"蓝色"通道，并填充为黑色。

(3) 按住 Ctrl 键选择"绿色"通道，执行【图像】\【调整】\【反相】命令。

(4) 切换到 RGB 通道，执行【图像】\【调整】\【曲线】命令，并进行适当调整，直到效果满意。最终效果如图 6-33 所示。

案例 4　粉　笔　字

一、案例效果与主要工具

图 6-34　粉笔字

用到的主要工具：通道、"喷溅"滤镜、"粗糙蜡笔"滤镜、"光照效果"滤镜等。

二、案例操作

本案例的操作步骤如下：

(1) 执行【文件】\【新建】命令，创建一个 400 像素×200 像素，以白色为背景的文件。

(2) 在通道调板中，单击新建按钮　，创建新通道，即 Alpha 1。

(3) 单击工具箱中的"文字工具" T.，在其属性栏里设置如下：字体为华文行楷，字号为 60 像素，颜色为白色。然后，在新建的 Alpha 1 通道上输入文字"艰苦奋斗"，并拖到适当的位置，取消选取范围。

(4) 执行【滤镜】\【画笔描边】\【喷溅】命令，在弹出的对话框中进行图 6-35 所示的设置，对文字的边缘进行破碎效果的制作。

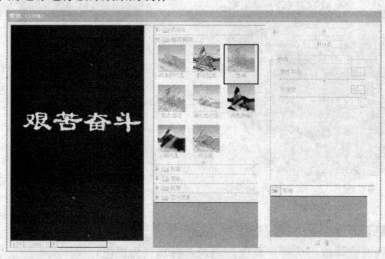

图 6-35　"喷溅"对话框

(5) 执行【滤镜】\【艺术效果】\【粗糙蜡笔】命令，在弹出的对话框中进行如图 6-36 所示的设置，完成后单击"确定"按钮。

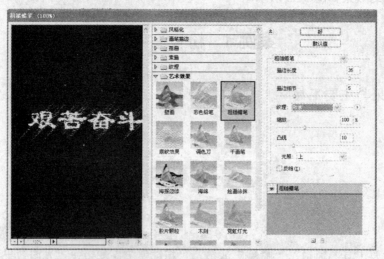

图 6-36　"粗糙蜡笔"对话框

(6) 返回 RGB 混合通道，执行【选择】\【载入选区】命令，载入 Alpha 1 的选取范围。

(7) 将选取的范围涂上颜色(#980000)。最终效果如图 6-34 所示。

三、相关练习

试用不同的字体制作粉笔字的效果。

四、案例讨论

如果要改变"粗糙蜡笔"的线条的方向，应怎样处理？

五、案例小知识

1．"喷溅"滤镜

"喷溅"滤镜属于"画笔描边"滤镜组，用于产生画面颗粒飞溅的沸水效果，类似于用喷枪在画面上喷出的许多小彩点。该滤镜可以用于制作水中镜像的效果，其对话框如图6-35所示。

● 喷色半径：用于调整溅射浪花的辐射范围。

● 平滑度：用于调整溅射浪花的光滑程度。其取值范围为1～15，设置值较低时，能溅射出光滑的小点；设置值较高时，溅射出的小点会逐渐变得模糊不清。此参数值最好设置较低的数值。

2．"粗糙蜡笔"滤镜

"粗糙蜡笔"滤镜属于"艺术效果"滤镜组，能产生一种覆盖纹理的浮雕效果。它可擦掉纹理的最暗部分，并有力地处理那些带文字的图像。其设置对话框如图6-36所示。

● 描边长度：用于调整笔划的长度，该参数的取值范围为0～40。当参数设置为最大时，被处理的图像看上去就好像用多种颜色的蜡笔在图像上划过；当参数设置为 0 时，用蜡笔划过的线好像被切断似的，断断续续，但保留着多种颜色的状态。

● 描边细节：用于调整笔触的细腻长度，该参数的取值范围为1～20。当参数设置为 1 时，若"描边长度"的值为40则蜡笔划过的状态不明显，反之则比较明显。

● 纹理：控制将决定于所选择纹理的类型。

● 缩放：用于调整覆盖纹理的缩放比例。

● 凸现：用于调整覆盖纹理的深度，即立体感。数值较大时，立体感较强；数值较小时，立体感较弱。

● 光照：用于调整光线的照射方向。

● 反相：用于调整纹理是否反相处理。

注意："画笔描边"滤镜组和"艺术效果"滤镜组对 CMYK 和 Lab 颜色模式不起作用，而且要求图像的"层"不能为全空。

六、案例拓展——旧金属字

图 6-37　旧金属字

案例点化：

(1) 新建文件，设置背景色为白色，并输入文字。

(2) 按 Ctrl 键点击文字图层，再切换到通道调板，新建 Alpha 1 通道，并在新通道中用白色填充选区。

(3) 执行【滤镜】\【模糊】\【高斯模糊】命令，模糊半径设为 5 像素。

(4) 回到图层调板，新建一个图层，分别设置前景色和背景色为白色、黑色，然后执行【滤镜】\【渲染】\【云彩】命令，再执行【滤镜】\【渲染】\【分层云彩】命令，如果效果不满意，可再执行一次。

(5) 执行【滤镜】\【渲染】\【光照效果】命令，参考数值如图 6-38 所示。

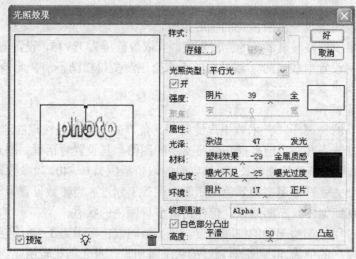

图 6-38　"光照效果"对话框

(6) 执行【选择】\【反选】命令(可先执行"平滑"2 像素命令)，并删除选区。再执行【图像】\【调整】\【曲线】命令，参考数值如图 6-39 所示。

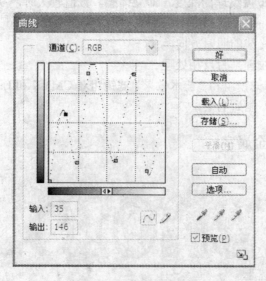

图 6-39　"曲线"对话框

（7）执行【图像】\【调整】\【色彩平衡】命令，进行适当着色。

（8）制作倒影。最终效果如图 6-37 所示。

案例5　野外滑雪

一、案例效果与主要工具

图 6-40　野外滑雪

用到的主要工具：通道和图层蒙版等。

二、案例操作

本案例的操作步骤如下：

（1）执行【文件】\【打开】命令，打开配套光盘中的"第六章\案例 5\滑雪.jpg"文件。

（2）选取工具箱中的"魔术棒工具"，单击图像中的蓝色部分，然后按组合键 Shift+Ctrl+I，把"人物"和"雪"选中。

（3）按 Ctrl+J 键，将选区复制到一个新的图层中，名为图层 1。

（4）双击"背景"层，弹出"新图层"对话框，将"背景"层转换为普通图层并命名为"图层 0"，再单击"确定"按钮。

（5）在图层调板中，单击新建按钮 ，新建一图层，并填充为白色，然后拖动到最底层，如图 6-41 所示。

（6）打开配套光盘中的"第六章\案例 5\树林.jpg"文件。

（7）按 Ctrl+A 键全部选中，再按 Ctrl+C 键复制到剪贴板。然后将活动窗口切换到"滑雪.jpg"窗口。

图 6-41　调整图层位置

(8) 在通道调板中，单击新建按钮  ，创建新的 Alpha 1 通道。再按 Ctrl+V 键，将剪贴板中的图像粘贴到 Alpha 1 通道中。

(9) 在通道调板中，单击"将通道作为选取范围载入"按钮 ，将得到一个选区，如图 6-42 所示。

图 6-42　通道转为选区

(10) 回到图层调板，确定"图层 0"为当前图层，单击创建蒙版按钮 ，效果图完成，如图 6-40 所示。

三、相关练习

结合本节所学知识，用通道和蒙版工具设计一张海报。

四、案例讨论

如果图像的最底层填充为红色、绿色或者渐变色，则会出现什么效果？

五、案例小知识

1．颜色通道

颜色通道中所记录的信息，从严格意义上说不是整个文件的，而是来自于我们当前所编辑的图层。预视一层的时候，颜色通道中只有这一层的内容，但如果同时预视多个层，则颜色通道中显示的是层混合后的效果。但由于一次仅能编辑一层，所以任何使用颜色通道所做的变动只影响到当前选取的层。

2．调节工具与通道

单纯的通道操作一般不可能对图像本身产生好的效果，如果结合一些调节工具，如色阶(level)和曲线(curves)，将其作用在通道上，就会产生极佳的效果。在用这些工具调节图像时，会看到相应的对话框中有一个 channel(通道)选单，点击就可选择要编辑的通道。

六、案例拓展——风景效果图

图 6-43 风景　　　　　　　　　　　图 6-44 风景效果图

案例点化：

(1) 打开配套光盘中的"第六章\案例 5\风景"，如图 6-43 所示，执行【图像】\【模式】\【Lab 颜色】命令。

(2) 切换至通道调板，选择"b"通道，按 Ctrl+A 键全部选中，再按 Ctrl+C 键复制到剪贴板，然后选择"a"通道，按 Ctrl+V 键进行粘贴，最后再回到 Lab 通道。

(3) 执行【图像】\【模式】\【RGB 颜色】命令，最终效果如图 6-44 所示。

案例 6 为美女换背景

一、案例效果与主要工具

图 6-45 效果图

用到的主要工具：钢笔工具、通道和图层等。

二、案例操作

本案例的操作步骤如下：

(1) 执行【文件】\【打开】命令，打开配套光盘中的"第六章\案例6\照片.jpg"。

(2) 点击背景图层，选取工具箱中的"钢笔工具"，勾勒出人物的主要轮廓，并将路径转为选区载入，然后执行【选择】\【羽化】命令，羽化值设为 2，得到的选区如图 6-46 所示。

图 6-46　选区

(3) 按 Ctrl+C 键复制到剪贴板，按 Ctrl+V 键粘贴新图层，图层名为图层 1。

(4) 点击背景图层，切换至通道调板，复制"红"通道，得到"红副本"通道，再点击"红副本"通道，执行【图像】\【调整】\【反相】命令。为了让头发丝更清晰地显示，再执行【图像】\【调整】\【色阶】命令，设置的色阶值为(47，1.0，99)(此数据仅供参考)。然后点击通道面板中的按钮 ○ 将通道作为选区载入，如图 6-47 所示。

图 6-47　红色通道

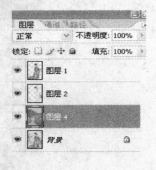

图 6-48　图层 4(风景层)

（5）回到图层 1，按 Ctrl+C 键复制到剪贴板，再按 Ctrl+V 键粘贴新图层，图层名为图层 2，执行【图层】\【修边】\【移动白色杂边】命令，将图层 2 的图层模式改为"正片叠底"，如图 6-48 所示。

（6）添加新图层。打开"第六章\案例 6\风景.jpg"，将该图片拖入到照片文件中。选择图层 2，用橡皮擦小心擦掉多余的部分。最终效果如图 6-45 所示。

三、相关练习

利用本节学习的知识给自己的照片换个背景。

四、案例讨论

抠图在 Photoshop 中是很常用的操作，除了本例讲述的方法外，还可以用哪些方法将人物抠出来？

五、案例小知识

1．"去边"命令

"去边"命令用来除掉图像边缘的灰白色。

2．"移动白色杂边"命令

"移动白色杂边"命令用来移去图像边缘的白色像素，以加强边缘的黑色像素，使轮廓更为清晰。

3．"移动黑色杂边"命令

"移动黑色杂边"命令用来移去图像边缘的黑色像素，使边缘的白色像素更加明显。

六、案例拓展——一杯红酒

图 6-49　红酒杯　　　　　　　　　　　　　　图 6-50　效果图

案例点化：

(1) 打开配套光盘中的"第六章\案例 6\红酒杯"，如图 6-49 所示。再将原图复制两次，得到"背景 1"和"背景 1 副本"图层。

(2) 新建图层 1，放在背景 1 图层下方，并填充渐变色作为新的背景色。

(3) 选择背景 1 图层，执行【滤镜】\【抽出】命令，设置如图 6-51 所示。

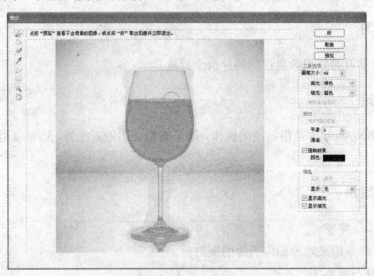

图 6-51　　"抽出"对话框

(4) 把背景 1 图层放大，用"橡皮擦工具"将杯子外沿的杂色擦除。

(5) 选择背景 1 副本，执行【滤镜】\【抽出】命令，设置如图 6-52 所示("强制前景"的"颜色"可以用吸管吸取杯中红酒的颜色)。

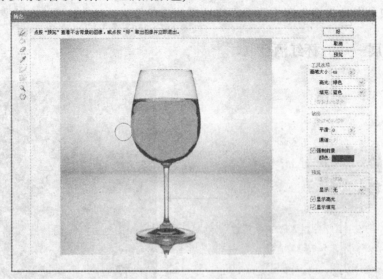

图 6-52　　强制前景设置

(6) 把背景 1 副本图层放大，用"橡皮擦工具"将红酒部分以外的杂色擦除。最终效果如图 6-50 所示。

综 合 练 习

一、判断题

1．使用通道调板菜单中的"分离通道"命令时，如果当前图像含有多个图层，该命令的使用不受影响。（　　）

2．在"新专色通道"对话框中，"密度"文本框的功能是用来在屏幕上显示模拟打印后的效果，对实际打印输出会产生影响。（　　）

3．用户在快速蒙版编辑模式下创建的快速蒙版是一个临时蒙版，一旦单击标准编辑模式按钮◻切换为标准模式后，快速蒙版就会马上消失。（　　）

二、选择题

1．要新建一个专色通道，可以通过（　　）完成。

A．单击通道调板底部的按钮 ⊡

B．单击通道调板菜单中的"创建新通道"项

C．按住 Ctrl 键单击通道调板中的按钮 ⊡

D．按住 Alt 键单击通道调板中的按钮 ⊡

2．下面是对通道功能的描述，其中错误的是（　　）。

A．通道最主要的功能是保存图像的颜色数据

B．通道除了能够保存颜色数据外，还可用来保存蒙版

C．在通道调板中可以建立 Alpha 和专色通道

D．要将选取范围永久地保存在通道调板中，可以使用快速蒙版功能

3．下面是有关删除通道操作的描述，（　　）是错误的。

A．单击"删除当前通道"按钮 🗑 ，可以删除作用通道

B．用鼠标拖动通道到"删除通道"按钮 🗑 上也可以删除通道

C．主通道（如 RGB、CMYK）不能删除

D．删除 RGB 或 CMYK 图像中的某一原色通道后，图像模式将变为灰度模式

三、填空题

1．用户选择通道调板菜单中的＿＿＿＿＿＿＿＿命令，可以新建一个通道，该命令与＿＿＿＿＿＿＿＿按钮的功能一样。

2．可以有选择地选中某一条通道或多条通道，只要按住＿＿＿＿＿＿＿键，同时单击通道名称即可。

3．使用蒙版最大的方便就是将制作费时的选区存储为＿＿＿＿＿＿通道，重新使用时，直接载入即可。

四、简答题

1．为什么不同色彩模式的图像具有不同的分色通道？

2．Alpha 通道的作用是什么？

第七章 Photoshop 常用操作

<table>
<tr><td>本章
导读</td><td>Photoshop 图像处理工具功能十分强大,要灵活运用并制作出丰富多彩的图像,还需要我们不断摸索、总结和创新,才能发挥它的强大功能,创造出属于我们自己的作品。</td></tr>
</table>

本章将介绍 Photoshop 的一些常用工具,如动作面板的使用,批量处理的方法,色彩调整的技巧,滤镜效果和图层样式的应用等。

案例 1 照 片 调 整

一、案例效果与主要工具

图 7-1 运用"动作"功能调整后的图片

用到的主要工具:"动作"的功能。

二、案例操作

本案例的操作步骤如下:

(1) 打开配套光盘中"第七章\案例 1"中的"西藏 1.jpg"、"西藏 2.jpg"、"西藏 3.jpg"图像。

(2) 在动作调板中(如果没有显示则单击【窗口】\【动作】项),单击创建新动作按钮 ,在弹出对话框中的"名称"栏输入"边框"(如图 7-2 所示),完成后单击"记录"按钮,开始动作的录制。

(3) 执行【图像】\【旋转画布】\【90 度(逆时针)】命令,将图像的方向调整到正确的方向。

图 7-2　新建动作面板

(4) 执行【图像】\【调整】\【亮度/对比度】命令，在弹出的"亮度/对比度"对话框中，将"亮度"调高到 50，如图 7-3 所示。

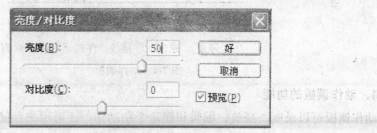

图 7-3　"亮度/对比度"对话框

(5) 执行【图像】\【图像大小】命令，在弹出的对话框中，设置"宽度"为 300 像素，"高度"将自动调整到 225 像素，再单击"好"按钮。

(6) 在动作调板中单击停止按钮 ■，停止录制。至此，对"西藏 1.jpg"的处理即告完成，动作的录制也已完成。(下面应用刚才录制的"动作 1"对"西藏 2.jpg"、"西藏 3.jpg"进行处理。)

(7) 单击"西藏 2.jpg"图像编辑区，使它变成活动窗口。然后，在动作调板中单击播放按钮▶，这时将看到，动作播放的同时，"西藏 2.jpg"的处理也自动完成。

(8) 同样，单击"西藏 3.jpg"图像编辑区，使它变成活动窗口。然后，在动作调板中单击播放按钮▶，这时将看到，动作播放的同时，"西藏 3.jpg"的处理也自动完成。最终效果如图 7-1 所示。

三、相关练习

运用本节所学知识，将配套光盘中"第七章\案例 1\玫瑰花"文件夹里的图片的亮度调亮，并将大小修改为 150 像素 × 150 像素，然后保存到规定的文件夹中。

四、案例讨论

如何对某一图片执行某一个动作？

五、案例小知识

动作是 Photoshop 中的一种能够自动完成多个命令的功能项。它可以将一系列命令组合为单个动作，从而简化任务，提高工作效率。序列在默认设置下，只有一个默认的动作序列，如图 7-4 所示。序列里面是一组动作的集合，在序列名称的左侧有一个序列图标 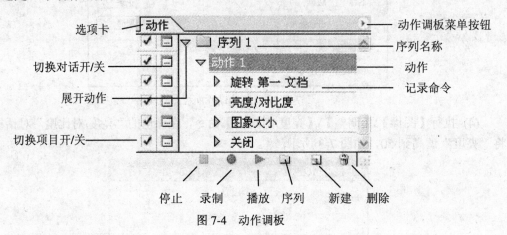，表示这是一个动作的集合。

图 7-4 动作调板

1．动作调板的功能

动作调板可以录制、播放、编辑和删除个别动作，还可用来存储和载入动作文件。

● "切换项目开/关"按钮：如果序列前被打✓号，且开关呈黑色显示时，则表示该序列(包括所有动作和命令)可以执行；如果这个✓号呈红色显示，则表示该序列中的部分动作或命令不能执行；如果没有打✓号，则表示该序列中的所有动作都不能执行。

● "切换对话开/关"按钮：当该按钮框中显现图标 ... 时，在执行动作过程中，会暂停在对话框中，单击"好"按钮后才能继续。

2．显示动作调板

显示动作调板的方法：选取【窗口】\【动作】项，或单击动作调板选项卡。

3．展开/折叠序列、动作或命令

展开/折叠序列、动作或命令的方法：在动作调板中单击序列、动作或命令左侧的三角形按钮 ▷ 可展开相关项。按住 Alt 键并单击该三角形，可展开/折叠一个序列中的全部动作或一个动作中的全部命令。

4．创建新动作

创建新动作的步骤如下：

(1) 打开要创建动作的文件。

(2) 在动作调板中单击创建新动作按钮 ，在弹出的对话框中输入动作的名称，并选择存放序列。如果需要，还可以设置"功能键"项：可以选取功能键 Ctrl 键和 Shift 键的任意组合(如 Shift+Ctrl+F3 键)，为动作指定键盘快捷键。

(3) 单击"录制"按钮(●)。此时，动作调板中的"录制"按钮变成了红色。

注意：当执行记录的"存储为"命令时，不要更改文件名。如果输入了新的文件名，Photoshop 将记录此文件名并在每次运行该动作时都使用此文件名。此外，在存储之前，如果浏览到另一个文件夹，可以指定另一位置而不必指定文件名。

(4) 选取所需命令，并执行要记录的操作。

(5) 若要停止记录，可单击停止按钮 ，或从动作调板菜单中选取"停止记录"，或按 Esc 键。若要在同一动作中继续开始记录，可从动作调板菜单中选取"开始记录"。

5．在文件上运行动作

在文件上运行动作的方法：先打开文件，然后执行下列操作之一。

(1) 若要播放整个动作，可单击该动作的名称，然后在动作调板中单击播放按钮▶，或从动作调板菜单中选取"播放"。

(2) 如果为动作指定了组合键，则可按该组合键自动播放动作。

(3) 若要播放动作的一部分，可选择要开始播放的命令项，再单击动作调板中的"播放"按钮，或从调板菜单中选取"播放"。

6．还原整个动作

在播放动作前，在历史记录调板中拍摄一幅快照，然后选择该快照可以还原动作。

7．删除动作或命令

在动作调板中选择要删除的动作或命令，然后执行下列操作之一：

(1) 在动作调板上单击删除按钮，再在弹出的确认对话框中单击"好"按钮删除动作或命令。

(2) 按住 Alt 键并单击删除按钮，可删除选中的动作或命令，但不显示确认对话框。

(3) 将选中的动作或命令拖移至动作调板上的删除按钮上，即可删除，但不显示确认对话框。

(4) 从动作调板菜单中选取"删除"项。

六、案例拓展——曲线

图 7-5　曲线效果图

案例点化：

(1) 新建文档，用钢笔工具绘制一条简单的曲线。

(2) 点击动作调板中的创建新动作按钮，将动作名称设为"曲线"，再点击"记录"按钮开始录制动作。

(3) 执行【编辑】\【变换路径】\【旋转】命令，将"旋转角度"设为 1 度，再将"画笔大小"设置为 1，用画笔描边路径，然后点击"动作"面板中的"停止录制"按钮。

(4) 点击动作调板中的播放按钮，直至得到满意的效果为止，然后将路径删除。

(5) 执行【图像】\【调整】\【色相/饱和度】命令，对图像进行着色，调整参数直至自己喜欢的颜色。最终效果如图 7-5 所示。

案例 2 锦 上 添 花

一、案例效果与主要工具

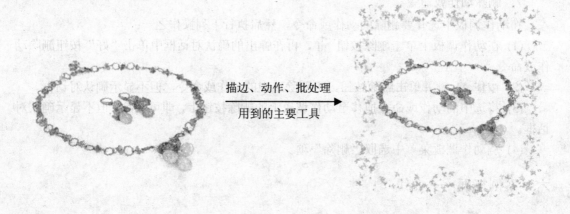

描边、动作、批处理
用到的主要工具

图 7-6 锦上添花

二、案例操作

本案例的操作步骤如下：

(1) 打开配套光盘中的"第七章\案例 2\pic\1058750854_1-600.jpg"图像。

(2) 在动作调板中单击创建新动作按钮 ，在弹出对话框的"名称"栏填入"边框"，如图 7-7 所示。再单击"记录"按钮后，即开始动作的录制。

图 7-7 新动作命名

(3) 在工具栏中选择"矩形选框工具" ，然后在图像编辑区内拖动鼠标左键绘制一个矩形路径，如图 7-8 所示。

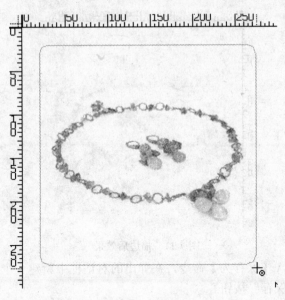

图 7-8 矩形框

(4) 在工具箱中选择"画笔工具" ✎，对其属性栏的设置如图 7-9 所示。

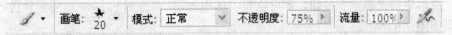

图 7-9 画笔属性

再在"画笔工具"属性栏中单击画笔调板按钮 ▤，将其画笔笔尖形状"间距"设为 100%，如图 7-10 所示。然合在路径调板中单击描边按钮 ○，这时就得到了效果图，如图 7-11 所示。

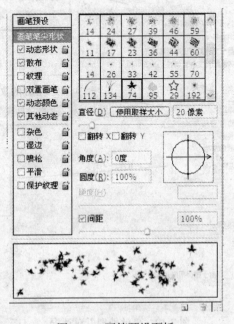

图 7-10 画笔预设面板

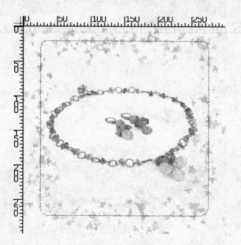

图 7-11、描边后效果

(5) 执行【文件】\【保存为】命令，在弹出的对话框中新建一个文件夹，并重命名为
"picnew"，再单击"保存"按钮。

(6) 在动作调板中单击停止按钮 ■ ，停止录制。

(7) 执行【文件】\【自动】\【批处理】命令，弹出"批处理"对话框，设置如图 7-12
所示。完成后单击"确定"按钮，即可执行"动作 1"的命令对 picnew 里的图片进行处理。
最终效果如图 7-6 所示。

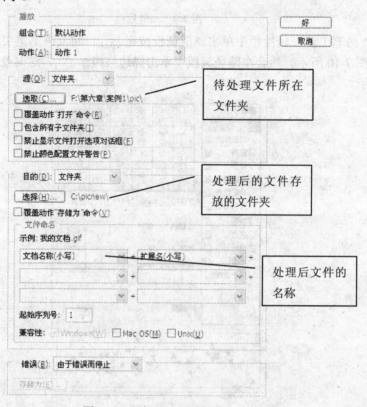

图 7-12　"批处理"对话框

三、相关练习

利用本节所学知识，将配套光盘中"第七章\案例 2\玫瑰花"文件夹里的图片添加上花边，并保存到规定的文件夹上。

四、案例讨论

如果描边后发现花边太大了，应该怎样处理？

五、案例小知识

"批处理"命令：执行该命令对文件进行批处理后，可以在包含多个文件和子文件夹的文件夹上播放动作。单击菜单栏中的【文件】\【自动】\【批处理】项，可弹出"批处理"对话框，该对话框中各主要项介绍如下(参见图 7-12)。

(1) 播放：包括"组合"和"动作"两项，可从各自的下拉式菜单中选取所需的序列和动作。

(2) 源：其下拉式菜单中包含有如下几个选项。

● 文件夹：用于对已存储在计算机中的文件播放动作。单击"选取"按钮可以查找并选择文件夹。

● 导入：用于对来自数码相机或扫描仪的图像导入和播放动作。

● 打开的文件：用于对所有已打开的文件播放动作。

● 文件浏览器：用于对在文件浏览器中选定的文件播放动作。

(3) 覆盖动作"打开"命令：如果想让动作中的"打开"命令引用批处理的文件而不是动作中指定的文件名，则选择该项。如果选择此选项，则动作必须包含一个"打开"命令，因为"批处理"命令不会自动打开源文件。但如果记录的动作是在打开的文件上操作的，或者动作包含它所需的特定文件的"打开"命令，则取消选择该项。

(4) 包含所有子文件夹：处理子文件夹中的文件。

(5) 禁止颜色配置文件警告：关闭颜色方案信息的显示。

(6) 目的：其下拉式菜单中包含有如下几个选项。

● 无：用于使文件保持打开而不存储更改(除非动作包括"存储"命令)。

● 存储并关闭：用于将文件存储在它们的当前位置，并覆盖原来的文件。

● 文件夹：用于将处理的文件存储到另一位置，单击"选取"可指定目标文件夹。

(7) 覆盖动作"存储为"命令：如果想让动作中的"存储为"命令引用批处理的文件，而不是动作中指定的文件名和位置，则选择该项。如果选择此选项，则动作必须包含一个"存储为"命令，因为"批处理"命令不会自动存储源文件。如果动作包含它所需的特定文件的"存储为"命令，则取消选择该项。

(8) 文件命名：可从弹出式菜单中选择元素，或在要组合为所有文件的默认名称的栏中输入文本。在这些栏中可以更改文件名各部分的顺序和格式。每个文件必须至少有一个唯一的栏(例如，文件名、序列号或字母)以防止文件相互覆盖。如果选取"文件夹"作为目标，则需指定文件命名规范并选择处理文件的文件兼容性选项。

六、案例拓展——下雨啦

图 7-13　"下雨啦"效果

案例点化：

(1) 打开配套光盘中"第 7 章\案例 2\下雨啦.psd"。在动作调板中点击"创建新动作"按钮，将动作名称改为"下雨"，再点击"记录"。

(2) 在图层调板中新建图层，填充为黑色，执行【滤镜】\【杂色】\【添加杂色】命令，设置合适的参数，再执行【滤镜】\【模糊】\【动感模糊】命令，设置合适的参数。

(3) 执行【图像】\【调整】\【亮度/对比度】命令，调整参数，并将"图层 1"的混合模式设置为"滤色"。

(4) 回到动作调板，点击"停止"按钮，再点击"开始"按钮，连续播放两次。

(5) 执行【文件】\【在 ImageReady 中编辑】命令，在动画调板中，点击"复制当前帧"，将当前帧复制两次。

(6) 点击第 1 帧，在图层调板中将"背景"图层和"图层 1"设为可见；点击第 2 帧，在图层调板中将"背景"图层和"图层 2"设为可见；点击第 3 帧，在图层调板中将"背景"图层和"图层 3"设为可见。

(7) 执行【文件】\【将优化结果存储为】命令，保存文件。最终效果如图 7-13 所示。

案例 3　色 彩 调 整

一、案例效果与主要工具

图 7-14　色彩调整对比图

用到的主要工具：去色、自动颜色、色彩平衡等。

二、案例操作

本案例的操作步骤如下：

(1) 打开配套光盘中的"第七章\案例 3\1.jpg"图像。

(2) 执行【文件】\【新建】命令，新建一个 425 像素 × 425 像素的文件。

(3) 将前景色设置为 #FF7800，背景色设置为白色。再执行【滤镜】\【渲染】\【云彩】命令，即得到随机的云彩效果，如图 7-15 所示。

(4) 执行【滤镜】\【渲染】\【分层云彩】命令(这一命令可以让纹理更清晰，云彩会反相)，再执行【图像】\【调整】\【反相】命令，即得到类似大理石的纹理图案。

图 7-15　云彩效果

(5) 在工具箱中选择"移动工具"，按住鼠标左键，将"1.jpg"移动到新文件中，得到图层 1，重复两次，得到图层 2 和图层 3，并调整图层大小，将各图层调整到适当的位置。

(6) 在图层调板上单击"图层 1"(将"图层 1"设置为当前层)，执行【图像】\【调整】\【去色】命令，"图层 1"即变为灰度图。

(7) 将"图层 2"设为当前层，执行【图像】\【调整】\【色相/饱和度】命令，弹出"色相/饱和度"对话框，参数设置如图 7-16 所示。

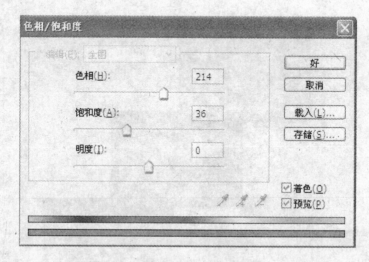

图 7-16　"色相/饱和度"对话框

(8) 将"图层 3"设为当前层，执行【图像】\【调整】\【自动颜色】命令，各图层的色彩即处理完成。

(9) 在工具箱中选取"直线工具" ，在图像的背景层上画装饰的白色线条，图像的处理完成。最终效果如图 7-14 所示。

三、相关练习

应用本节学到的知识，设计一张人物照片的特效图。

四、案例讨论

(1) 讨论色彩调整的几种方法。
(2) 如何制作彩色的线条？

五、案例小知识

1. "去色"命令

"去色"命令可将彩色图像转换为相同颜色模式下的灰度图像。例如，它给 RGB 图像中的每个像素指定相等的红色、绿色和蓝色值，使图像表现为灰度。每个像素的明度值不改变。此命令与在"色相/饱和度"对话框中将"饱和度"设置为 –100 有相同的效果。

注意：如果正在处理多层图像，则"去色"命令仅转换所选图层。

2．"自动颜色"命令

"自动颜色"命令通过搜索实际图像(而不是通道的用于暗调、中间调和高光的直方图)来调整图像的对比度和颜色。它根据在"自动校正选项"对话框中设置的值来中和中间调并剪切白色和黑色像素。

3．"色彩平衡"命令

"色彩平衡"命令用来更改图像的总体颜色混合。

六、案例拓展——春天

图 7-17　秋天　　　　　　　　　　　　　图 7-18　春天

案例点化：

(1) 打开配套光盘中的"第七章\案例 3\秋天"，如图 7-17 所示。

(2) 执行【图象】\【调整】\【可选颜色】命令，调整参数(可根据自己喜欢的颜色进行调整)，参考参数如图 7-19、图 7-20 所示。

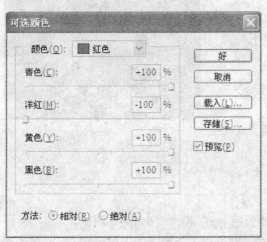

图 7-19　红色调整

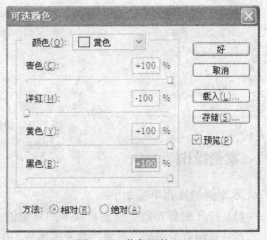

图 7-20　黄色调整

(3) 完成后保存文件。最终效果如图 7-18 所示。

案例 4　图 像 合 成

一、案例效果与主要工具

魔术棒工具

缩放

"高斯模糊"滤镜

调整图层顺序

由图 A 与图 B 合并成图 C

用到的主要工具

图 7-21　图像合成过程

二、案例操作

本案例的操作步骤如下：

(1) 打开配套光盘"第七章\案例 3"中的"公路.jpg"和"雪山.jpg"图像。

(2) 复制背景图层，名为"背景副本"，并使"背景副本"图层处于编辑状态，选择"魔术棒工具"，对其属性栏进行如图 7-22 所示的设置，再点击图像中远处的山直至选中全部的山背景为止。

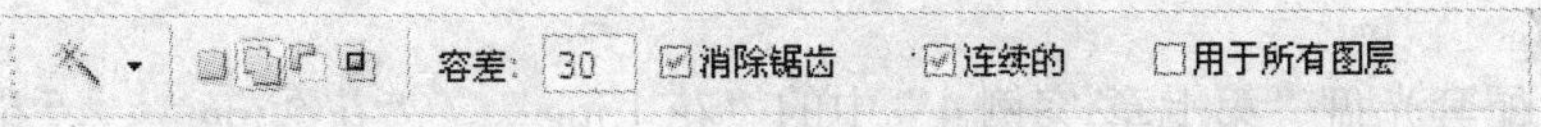

魔术棒工具 ▾ ◻◻◻◻ 容差：30 ☑消除锯齿 ☑连续的 ◻用于所有图层

图 7-22 "魔术棒工具"属性栏

(3) 执行【选择】\【反选】命令，再执行【选择】\【羽化】命令，羽化半径设为 1 像素。然后执行【选择】\【反选】命令，完成后按键盘上的 Delete 键将选区删除。

(4) 激活"雪山.jpg"为当前工作图像，用"移动工具"将"雪山.jpg"拖动到"公路.jpg"图像中，在图层调板中即自动增加了名为"图层 1"的图层，再执行【编辑】\【变换】\【缩放】命令调整图层 1 的大小。

(5) 将"背景图层"拖动到"图层1"之上，并使"图层1"处于编辑状态，再执行【滤镜】\【模糊】\【高斯模糊】命令，将半径设置为1，最后再合并图层。最终效果如图7-21所示。

三、相关练习

利用本节所学知识，将配套光盘"第七章\案例 4\公园一角"中的"公园.jpg"、"夕阳.jpg"和"雕像.jpg"合成为"公园一角.psd"，并保存文件。

四、案例讨论

(1) 讨论魔术棒工具的使用方法。
(2) 讨论【编辑】\【变换】菜单中其他命令的使用方法。

五、案例小知识

"缩放"命令：相对于项目的参考点扩大或缩小项目。可以水平、垂直或同时沿这两个方向缩放。

六、案例拓展——立方体的制作

图 7-23　立方体

案例点化：

(1) 打开配套光盘"第七章\案例 4"中的"花 1.jpg"、"花 2.jpg"、"花 3.jpg"，再用"移动工具"将"花 1"、"花 2"作为新图层移动到"花 3"中。

(2) 执行【编辑】\【变换】命令，将三个图层进行缩放和扭曲，分别作为立方体的三个面，并合并图层。

(3) 为了让立方体看起来更有立体感，用钢笔工具在立方体的三个面的交接处描绘路径，并用三像素的白色画笔描边。

(4) 将立方体移动到背景图层中，并调整到合适的位置。最终效果如图 7-23 所示。

案例 5　燃烧的文字

一、案例效果与主要工具

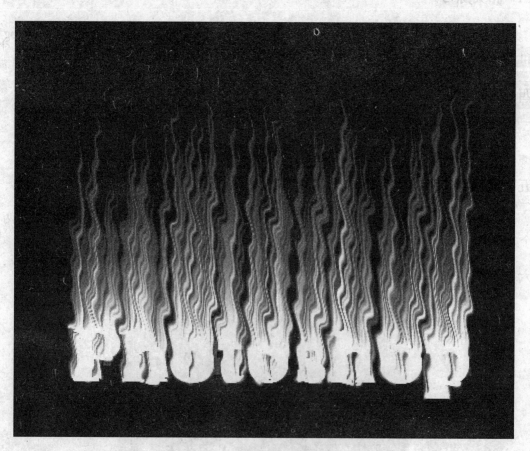

图 7-24　燃烧的文字效果

用到的主要工具：灰度模式、删格化图层、"风格化"滤镜、存储选区、载入选区、"扭曲"滤镜、索引颜色、颜色表等。

二、案例操作

本案例的操作步骤如下：

(1) 新建一个文件，各参数设置如图7-25所示，并将前景色设置为白色，背景色设置为黑色。

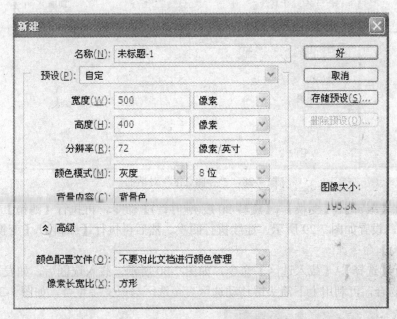

图 7-25　新建文件的参数设置

(2) 利用"文字工具" $\boxed{T}$ 输入文字"Photoshop"，并移动到合适的位置。字符面板设置如图 7-26 所示。

(3) 栅格化图层，如图 7-27 所示。

图 7-26　字符面板

图 7-27　栅格式图层

(4) 按住 Ctrl 键的同时用鼠标单击"Photoshop"图层，执行【选择】\【存储选区】命令，在弹出的对话框中进行图 7-28 所示的设置。然后按 Ctrl+D 键取消选区。

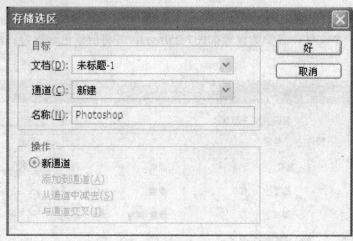

图 7-28　"存储选区"对话框

(5) 执行【编辑】\【变换】\【旋转 90 度(顺时针)】命令，再执行【滤镜】\【风格化】\【风】命令，设置如图 7-29 所示，连续执行四次。然后再执行【编辑】\【变换】\【旋转 90 度(逆时针)】命令。

(6) 执行【选择】\【载入选区】命令，如图 7-30 所示，载入选区后，如发现选区与文字位置不相吻合，可利用上下箭头键移动选区直至选区与原文字重合，如图 7-31 所示。

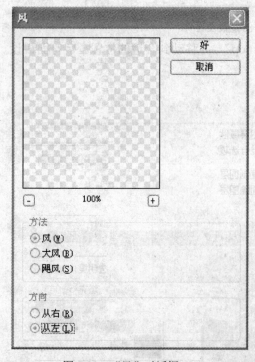

图 7-29　"风"对话框

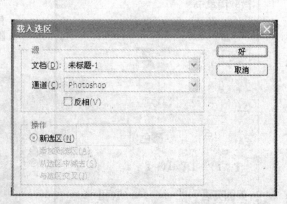

图 7-30　"载入选区"对话框

图 7-31　调整选区

(7) 执行【选择】\【反选】命令，再执行【滤镜】\【扭曲】\【波纹】命令，在弹出的对话框中进行如图 7-32 所示的设置。

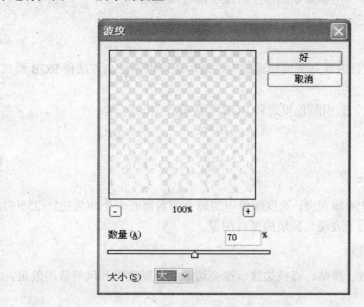

图 7-32　"波纹"对话框

(8) 执行【图像】\【模式】\【索引颜色】命令，在弹出的对话框中选择"好"按钮，再执行【图像】\【模式】\【颜色表】命令，在弹出的"颜色表"对话框中选择"黑体"，如图 7-33 所示。(注：不要取消选区。)

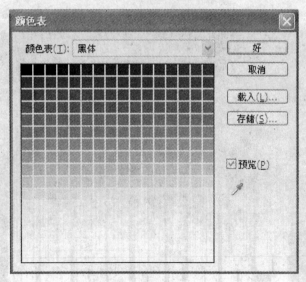

图 7-33 "颜色表"对话框

(9) 执行【图像】\【模式】\【RGB 颜色】命令，将灰度模式转换为 RGB 模式。完成后保存文件。最终效果如图 7-24 所示。

三、相关练习

利用本节及前面章节所学知识制作一种文字的特殊效果。

四、案例讨论

(1) 除了在新建文件时建立灰度模式的方法外，还可以用什么方法使 RGB 模式的图像转换成灰度图？

(2) 讨论灰度模式、索引颜色模式和 RGB 颜色模式的区别。

五、案例小知识

1. 灰度模式

该模式使用多达 256 级灰度，灰度图像中的每个像素都有一个 0(黑色)～255(白色)之间的亮度值。该模式可用于表现高品质的黑白图像。

2. "风格化"滤镜

该滤镜包含有扩散、拼贴、查找边缘、照亮边缘、浮雕效果和风等常用效果。

3. 存储选区

存储选区即将现有选区存储为通道，以便下次使用。

4. 载入选区

载入选区即将已存储的选区以不同的形式载入。

注意：载入选区时，可以选择作为新选区载入，也可与已有选区运算，并可反相载入。

5. "索引颜色"模式

该模式使用最多 256 种颜色，如果原图像中的一种颜色没有在 256 色中，程序会选取已有颜色中最相近的颜色或使用已有颜色模拟该种颜色。该模式多用于多媒体动画的应用或网页制作。

6. 颜色表

颜色表可以更改索引颜色图像的"颜色表"，自定颜色表也可以对颜色数量有限的索引颜色图像产生特殊效果。

注意： Photoshop 中的"颜色表"只在 RGB 颜色索引模式下才可用，也就是说，图像文件必须同时符合这两个条件，颜色表才可用。

六、案例拓展——毛绒绒的字

图 7-34　毛绒绒的字

案例点化：

(1) 新建文件。

(2) 选择一种喜欢的字体，输入文字，参考设置如图 7-35 所示。并给文字图层添加上自己喜欢的图层样式。

图 7-35　字符面板

(3) 设置画笔属性，参考值如图 7-36 和图 7-37 所示。

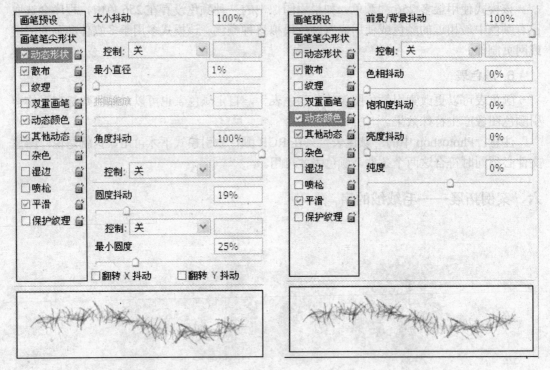

图 7-36　动态形状面板　　　　　　　图 7-37　动态颜色面板

(4) 新建图层，在新图层中用"画笔工具"画出毛绒绒的效果。

(5) 保存文件。最终效果如图 7-34 所示。

案例 6　信封的制作

一、案例效果与主要工具

图 7-38　信封效果图

用到的主要工具：添加图层样式、描边、对齐链接图层等。

二、案例操作

本案例的操作步骤如下：

(1) 执行【文件】\【新建】命令，新建一个 300 像素×500 像素的文件，背景色设为透明。再执行【文件】\【存储为】命令，保存文件名为"信封.psd"。

(2) 将前景色设置为 #F7F4F4。新建图层，命名为"轮廓"，再在"轮廓"图层中用"矩形选框工具"绘制一个矩形，并填充前景色。

(3) 点击图层调板下方的"添加图层样式"按钮，选择"投影"项，将"距离"设为 3，其他参数不变；在"斜面和浮雕"中将"大小"设置为 2，其他参数不变。

(4) 新建图层，命名为"邮编 1"，用"矩形选框工具"在信封左上角绘制矩形(可将固定长宽比设置为 7∶8)，再执行【编辑】\【描边】命令，描边宽度为 2 像素，颜色为红色。

(5) 复制"邮编 1"图层，共复制 5 次。再用"移动工具"调整 6 个图层的位置，并链接，执行【图层】\【对齐链接图层】命令，对齐链接图层，然后合并链接图层。合并后的图层名仍为"邮编 1"。

(6) 复制"邮编 1"图层，命名为"邮编 2"，用"移动工具"将图层移动到信封右下方的合适位置。再执行【编辑】\【变换】\【缩放】命令，将"邮编 2"图层适当缩小。

(7) 新建图层，命名为"邮票"，再用"矩形选框工具"在信封的右上角绘制一矩形，并用宽度为 2 像素的红色描边。

(8) 打开配套光盘中的"第七章\案例 6\pic\雪景.jpg"图像，用"套索工具"在图片上选择"马车"和"小孩"，并羽化 20 像素。然后用"移动工具"将选区移动到"信封"图像的左下角，执行【编辑】\【变换】\【缩放】命令，调整至合适的大小。

(9) 用"文字工具"在信封的各个位置添加上文字(参考字体为隶书)。完成后保存文件。最终效果如图 7-38 所示。

三、相关练习

利用所学知识设计一张个人卡片。

四、案例讨论

(1) 讨论"对齐链接图层"中几个命令的使用方法。
(2) 讨论"对齐链接图层"和"分布链接图层"的区别。

五、案例小知识

对齐链接图层：若要对齐多个图层，将需要对齐的图层先进行链接，然后选择链接图层中的任意一层，点击"移动工具"，选择对齐属性(选择图层存在像素的最左端、水平中点、最右端像素以及最顶端、垂直中点、最底端像素)。对齐的基准图层为当前所选择的图层。

六、案例拓展——个性邮票的制作

图 7-39　个性邮票

案例点化：

(1) 新建一个 420 像素×560 像素的文件，并设置背景色(参考色为绿色)。将前景色设置为白色，选取"矩形选框工具"，在属性状态栏中选择"形状工具"，在文档中画一矩形。

(2) 在路径调板中将路径复制一个副本，再回到图层调板，将步骤(1)中创建的图层"栅格化"。

(3) 设置画笔属性，如图 7-40 所示。

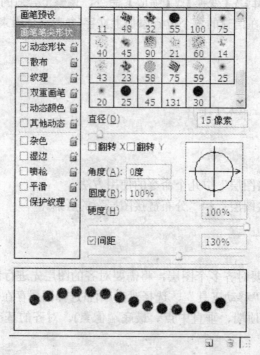

图 7-40　画笔笔尖形状面板

(4) 将前景色设置为绿色，用画笔描边路径。此时邮票的锯齿外观已生成。

(5) 打开配套光盘中的素材图片，将图片复制到文档中，并用缩放工具调整大小。

(6) 添加文字。

(7) 完成后保存文档。最终效果如图 7-39 所示。

综 合 练 习

一、判断题

1. 存储动作时只能存储序列而不能存储单个动作。（   ）

2. 在按钮模式下执行动作时，Photoshop 会执行该动作中的所有记录命令，即使该动作中有些命令被关闭也仍然会被执行。（   ）

3. 在"回放选项"对话框中，如果选择"加速"单选按钮，动作的执行速度会比默认速度快。（   ）

二、选择题

1. 当需要同时执行同一个序列内多个不连续的动作时，可通过按住(   )键然后单击动作调板中的动作名称来实现。

A. Shift   B. Ctrl   C. Alt   D. Esc

2. 在按钮模式下要想添加一个新动作，第一步是(   )。

A. 在动作调板中单击"开始记录"按钮

B. 在动作调板中单击"创建新动作"按钮

C. 从动作调板中单击选取"新动作"命令

D. 从动作调板菜单中再次选择"按钮模式"命令来关闭按钮模式

3. 可以将动作保存起来，以便日后使用，保存后的文件扩展名为(   )。

A. ALV   B. ACV   C. ATN   D. AHU

三、填空题

1. 动作的操作都在动作调板中进行，选择_____中_____命令或按下_____键即可显示动作调板。

2. 序列前被打上"✔"号，并呈_____显示时，表示该序列可以执行；如果"✔"号呈现_____显示，表示该序列中的部分操作或命令不能执行。

3. _____按钮用于记录一个新动作，当处于记录状态时，该按钮呈_____显示。

四、简答题

1. 动作都有哪些功能？

2. 简述创建动作的步骤。

第八章　Photoshop 综合实例

本章导读　通过前面几章的学习，我们对 Photoshop 有了一个较深入的认识，并掌握了其中各基本工具与命令的使用，本章我们将利用一个同时具备实用性、全面性、操作性和针对性等特点的综合性实例——制作一张结合了职业学校实际情况的宣传广告，来回顾 Photoshop 中的各知识点。

本案例与前面各章的风格一脉相承，全程讲解，并辅以制作过程的图片。

案例　学校宣传海报

图 8-1　学校海报效果图

一、设计前序

"学校宣传海报"是学校为了招生推出的招生平面广告，其目的是让观众(即看海报的学生或家长)能尽快从海报上了解和熟悉学校，同时还要给观众一种较好的视觉效果。

1. 创作思路

"学校宣传海报"是一种宣传学校办学特色和内涵的平面广告图，其画面内容要包括校园、学生、专业标志等画面元素等。在众多学校中极力体现该校的办学特点，这是设计学校海报的基本要求。

2. 设计手法

要使包装的画面更具可视性和宣传作用，在主视面的设计中要利用较大的空间来安排校园全景图，在图上加入代表学校各专业的标志图片，以实物来勾勒画面，让观众尽快了解校园和熟悉学校的专业设置。代表各专业的实物图应在背景上错落有序地排列，以突出要表达的主题。画面的对比要强烈、图文清晰，这样才能对观众产生很强的视觉冲击。

二、案例操作

本案例的操作步骤如下：

(1) 新建一个 1024×800 像素的文件，背景色设为蓝白渐变。打开配套光盘中的"第八章\案例\校园 1.jpg"图像，用"裁切工具" 将校园图裁切成如图 8-2 所示，再用"移动工具"将其移动到新文件中，并保存为"学校.psd"。

(2) 将"校园"图命名为背景层，并将此层的不透明度设为 19%，效果如图 8-3 所示。

　　　　图 8-2　背景图　　　　　　　　　　　图 8-3　设置背景层透明度

(3) 选择"多边形工具"，将边设为 6，如图 8-4 所示，再拖出六边形，将六边形转换成选区，如图 8-5 所示。

　　　　图 8-4　选择"多边形工具"　　　　　　　图 8-5　形状转换成选区

(4) 新建一图层，将选区填充为黄白渐变。双击此层，将图层设置为"投影"、"斜面和浮雕"效果，具体设置如图 8-6 所示。设置成功后，将图层的不透明度设为 72%，效果如图 8-7 所示。

图 8-6　投影面板　　　　　　　　　　　图 8-7　图层样式处理后效果

(5) 打开"第八章\案例\机械.jpg"图片，用"裁切工具"剪取其中一个齿轮，并将之移动到"学校.psd"中，放在六边形图层的下方，效果如图 8-8 所示。

(6) 打开"第八章\案例"中的"车.jpg"、"计算机.jpg"、"会计.jpg"、"数控 1.jpg"，用同样的方法复制出四个六边形，并分别在这四个层下面移入新的被裁切好的工具层(即计算机、汽车、会计和数控，加上前面的机械，它们代表了职业学校的五大专业)。然后用黄色的圆角矩形做成连线，并调整好黄色连线层的位置，再同样复制成三个连线，分别连接五个六边形，最后将这些层合并起来，即形成了一个六边形组，效果如图 8-9 所示。

图 8-8　机械　　　　　　　　　　　　　　图 8-9　复制六边形

(7) 用圆角矩形制成一个长条放在最上面，并设置为"外发光"、"斜面和浮雕"效果，如图 8-10 所示。然后将些矩形复制成新的一层，并移动到六边形组下面，将长条矩形的不透明度设为 47%，如图 8-11 所示。

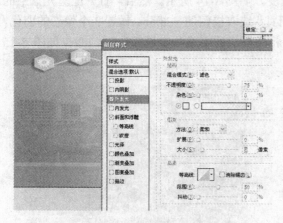

图 8-10 外发光面板

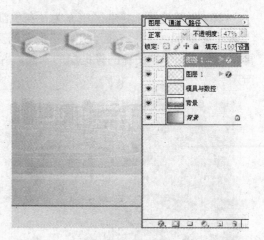

图 8-11 长条层

(8) 在图的下方再制作两个矩形长条，白色长条放在最下面，黄色长条放在背景图的下方，并分别加入"发光"效果，设置相应的不透明度，效果如图 8-12 所示。

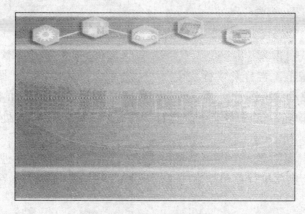

图 8-12 长条发光

(9) 在路径调板中新建一个路径，再回到图层调板，用"矩形工具"制作出一个方框作为像框。然后在路径调板中将路径转化为选区，并新建一个图层，执行【编辑】\【描边】命令，在弹出的对话框中进行相应的设置，如图 8-13 所示。

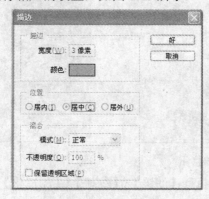

图 8-13 "描边"对话框

(10) 保持选区，将选区填充为蓝灰色渐变，如图 8-14 所示。然后，打开配套光盘中的"第八章\案例\主校门.jpg"，用"矩形选框工具"选取校门的一部分，设置 3 个像素的羽化，再将其移动到学校文件的像框层的上面，并将像框层的不透明度设为 65%，效果如图 8-15 所示。

图 8-14　渐变矩形　　　　　　　　　图 8-15　增加校门图片

(11) 复制四个像框，再打开"行政楼"、"办公室"、"体操室"、"图书馆"等图片，用同样的方法选取、移动这些图片，并分别在图片下面输入文字说明(如主校门、行政楼、办公室、体操室和图书馆)，之后对文字层进行栅格化，并进行层样式处理，效果如图 8-16 所示。

(12) 在背景层上面新建一个图层，再用"钢笔工具"勾勒出一个弧形，并将其转换成选区，填充为黄色。然后执行菜单栏中的【滤镜】\【渲染】\【云彩】命令，效果如图 8-17 所示。

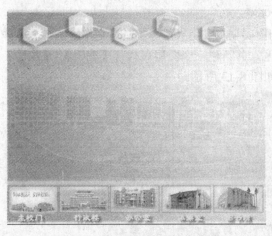

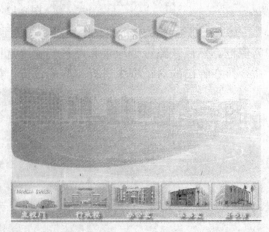

图 8-16　文字栅格化　　　　　　　　　图 8-17　弧形

(13) 选取蓝色背景层，执行【滤镜】\【纹理】\【纹理化】命令，设置如图 8-18 所示。效果如图 8-19 所示。

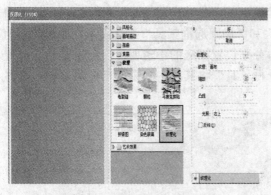
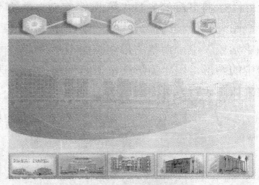

图 8-18　"纹理化"对话框　　　　　　　　图 8-19　纹理化后效果

(14) 用"圆角矩形工具"画出矩形形状，并在路径调板中将其转换成选区，再新建一层，用 3 像素的白色描边，并填充为黄色，执行【滤镜】\【纹理】\【纹理化】命令，具体参数设置如图 8-20 所示。用同样的方法再制作出四个矩形条，分置成一个向上的梯形状态，效果如图 8-21 所示。

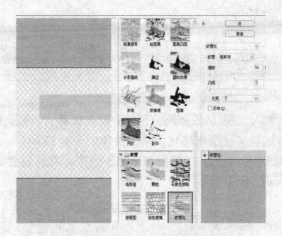

图 8-20　纹理化参数设置

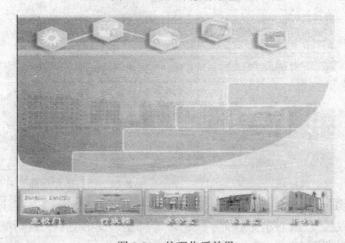

图 8-21　纹理化后效果

(15) 打开配套光盘"第八章\案例"中的"机械.jpg"、"机械2.jpg"、"学校宣传.jpg"和"汽车.jpg"四个图，分别用"矩形选框工具"和"椭圆选框工具"选择图形，并将其移动到"学校"中，调整图形在画面中的位置，再分别设置相应的不透明度。特别是将学校宣传中的圆形，用"矩形选框工具"和"椭圆选框工具"将其层中多余的部分删除掉，设置效果如图 8-22 所示。

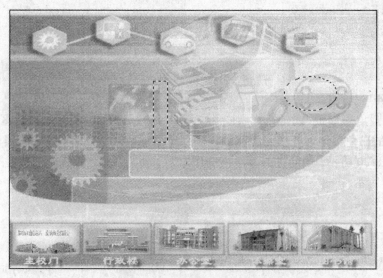

图 8-22　背景中透明图案

(16) 在每个阶梯上输入文字(从低到高分别是：就业优势大，创业基础好，升学希望多，发展前景广)，并分别对这些文字层栅格化，具体操作如图 8-23 所示。再将栅格化后的图层进行层的效果处理，添加"外发光"、"斜面和浮雕"效果，具体设置如图 8-24 所示。

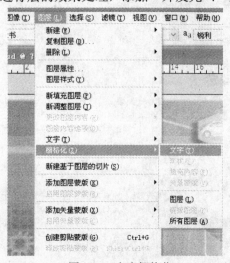

图 8-23　文字栅格化

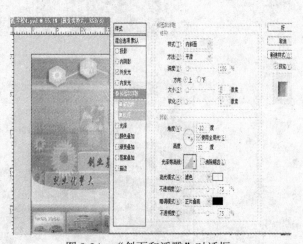

图 8-24　"斜面和浮雕"对话框

(17) 在六边形的边上分别输入相应的文字：机械、计算机、汽车、会计、数控。再选择"计算机"文字层，点击创建变形文字按钮，弹出"变形文字"对话框，"样式"选择"上弧"，其他的设置不变，如图 8-25 所示。

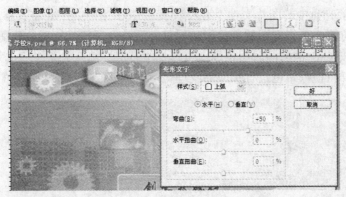

图 8-25　"变形文字"对话框

(18) 打开配套光盘中的"第八章\案例\标志.gif"图片,用"矩形选框工具"选取出 LOGO,并将其移动到学校中,设置 LOGO 层的不透明度为 48%。再复制三个 LOGO,分别将其放在各梯层上(文字的前面),效果如图 8-26 所示。

图 8-26　加入 LOGO 图标

(19) 继续输入文字:知识改变命运,学习成就未来,成功从这里开始;先进教学设备,优秀师资队伍;更专业,多证书,一体化教学;职业技术学校等。分别对这些文字进行效果处理(具体效果可以根据需要自己设计其风格和调整其位置),如图 8-27 所示。

图 8-27　输入宣传文字

(20) 打开配套光盘中的图片文件"第八章\案例\2007招生.gif"，将其移入"学校"文件中，置于合适的位置。再将下面的黄色彩条层复制两份，调整其位置，分别命名为"绿带"和"榄绿带"，按 Ctrl 键的同时用鼠标点击选择绿带层，填充为茶绿色，并进行滤镜中的纹理化操作。同样将榄绿带也进行相应的纹理化，并调整层的位置，效果如图8-28所示。

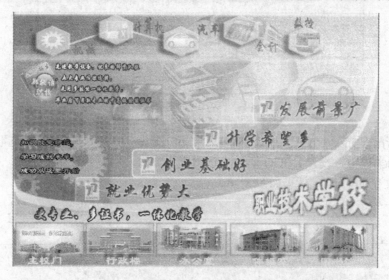

图 8-28　招生图标

(21) 打开配套光盘中的"第八章\案例\一步步.jpg"图片，选择其中一个女生，用钢笔工具勾勒出女生(如图 8-29 所示)，转换成选区，移动到"学校"文件中。用同样的方法再勾勒出其他的女生，也移动到"学校"中，分别放在各个阶梯上，具体效果如图8-30所示。

图 8-29　女生原图　　　　　　　　　　图 8-30　女生运动系列图片

(22) 将所有文字层栅格化以后，现在对其进行滤镜中的光照效果处理。如"更专业，多证书，一体化教学"，执行【滤镜】\【渲染】\【光照效果】命令，设置如图8-31所示。最高梯的女生层，也对其执行光照效果，设置如图8-32所示。其他的一些层同样也要给予一定光照效果(具体设置此处省略)。设置后的完整效果如图8-33所示。

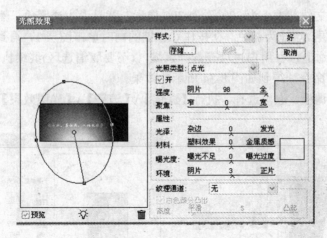

图 8-31　光照效果面板

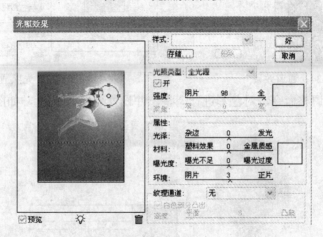

图 8-32　光照参数设置

图 8-33　光照后效果

(23) 新建一个文件，大小为 300 像素×300 像素，背景设为透明色。然后用选区画出一个图形，再新建一层，填充为蓝色。在按住 Ctrl 键的同时单击图层 1，得到选区，然后切换到通道面板，新建通道，并用白色填充选择区域，(不要取消选区)继续执行【滤镜】\【模糊】\【高斯模糊】命令，得到如图 8-34 所示的效果。

(24) 回到图层调板，取消选择，执行【滤镜】\【渲染】\【光照效果】命令，具体参数设置如图 8-35 所示。

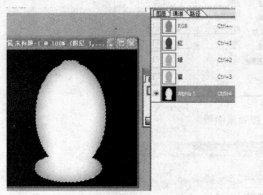

图 8-34　通道效果　　　　　　　　　　图 8-35　光照通道

(25) 执行曲线调整命令，对色彩进行调整，并设置亮度/对比度，如图 8-36 所示。

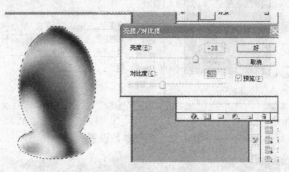

图 8-36　调整"亮度/对比度"

(26) 新建一层，填充前景色(就是绘制图形的那种颜色)，并将图层模式改为"颜色"。然后，合并图层 1 和图层 2，调整"亮度/对比度"和"色相/饱和度"，设置好颜色效果后，再复制一个新层，缩小比例并执行【图像】\【调整】\【色相/饱合度】命令，参数设置如图8-37 所示。

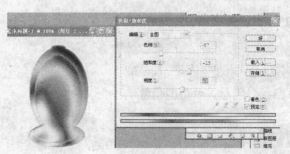

图 8-37　调整"色相/饱和度"

(27) 再复制一层，缩小比例，用同样的方法调整"色相"和"曲线"等效果，然后输入文字"省重点"，并对文字层进行适当的调整，效果如图 8-38 所示，并保存文件为"省重标志.tif"。

图 8-38　"省重标志"效果图

(28) 用"移动工具"将"省重标志"图形移动到"学校宣传广告"中，放在合适的位置。完成后的最终效果如图 8-1 所示。

综 合 练 习

一、判断题

1. 索引颜色模式的图像包含 256 种颜色。（　　）

2. 调整图像亮度时，用"色阶"调整和"自动色阶"调整完全一样。（　　）

3. 画布尺寸不变，分辨率越高像素的个数越多。（　　）

二、选择题

1. 执行【自由变换】\【旋转】命令时，加按 Shift 键，限定每旋转一次相对增加(　　)度。

A. 15　　　　　　　B. 30　　　　　　　C. 45　　　　　　　D. 60

2. 溢色是指能在显示器上显示但不能用打印机准确打印的颜色，溢色即超出了(　　)的色域范围。

A. RGB　　　　　　B. HSB　　　　　　C. Lab　　　　　　D. CMYK

3. 存储文件时，(　　)不会被存储。

A. 颜色通道　　　　B. 附加通道　　　　C. 路径　　　　　　D. 图案

三、填空题

1. 按＿＿＿＿＿＿键，点击删除按钮，可以删除通道或图层。

2. ＿＿＿＿＿＿层不可以使用滤镜。

3. "渲染"中的"光照"效果只对＿＿＿＿＿图像起作用。

四、简答题

1. 什么是像素？它有哪些基本特点？

2. 在 Photoshop 中，所谓的路径是指一些矢量式的线条，请简述它的功能和特点。

参 考 文 献

[1]　王洪斌. Photoshop 7.0 画广告. 北京：北京希望电子出版社, 2003.

[2]　郭万军. Photoshop 中文版图像处理实战训练. 北京：人民邮电出版社, 2003.

[3]　武马群. Photoshop 7.0 图形图像处理基础与案例教程. 北京：北京工业大学出版社, 2005.

欢迎选购西安电子科技大学出版社教材类图书

数字电子技术及应用（高职）（张双琦） 21.00

高频电子技术（高职）（钟苏） 21.00

现代电子装联工艺基础（余国兴） 20.00

Multisim电子电路仿真教程（高职） 22.00

电子工艺实训教程（宁铎） 19.00

电工技能实训基础（高职）（张仁醒） 14.00

电工初级技能实训（高职）（杜江） 17.00

电工中级技能实训（高职）（阮友德） 15.00

电工高级技能实训（高职）（颜全生） 21.00

信号与系统实验（MATLAB）（党宏社） 14.00

信号与系统分析（和卫星） 33.00

电气工程导论（贾文超） 18.00

信息论与编码（邓家先） 18.00

现代通信系统导论（高职）（赵明忠） 21.00

通信原理（黄葆华） 25.00

通信电路（第二版）（沈伟慈） 21.00

通信系统原理教程（王兴亮） 31.00

现代通信网概论（杨武军） 29.00

现代通信理论（李白萍） 29.00

现代通信新技术（达新宇） 22.00

扩频通信技术及应用（韦惠民） 26.00

移动通信（第二版）（章坚武） 24.00

数字移动通信技术（高职）（张重阳） 15.00

微波与卫星通信（李白萍） 15.00

微波技术及应用（张瑜） 20.00

电磁场与电磁波（曹祥玉） 22.00

电磁场与电磁波（第二版）（郭辉萍） 28.00

电磁波——传输·辐射·传播（王一平） 26.00

计算机数据通信（雷思孝） 22.00

信息安全数学基础（谢敏） 18.00

现代能源与发电技术（邢运民） 28.00

神经网络（含光盘）（侯媛彬） 26.00

程控数字交换技术（刘振霞） 24.00

数字视觉视频技术（研究生）（李玉山） 26.00

自动控制原理（李素玲） 30.00

自动控制原理（第二版）（薛安克） 24.00

自动控制原理及其应用（高职）（温希东） 15.00

楼宇自动化（高职）（盛啸涛） 14.00

电梯原理及逻辑排故（高职）（姚融融） 24.00

~~~~~~仪器仪表及自动化类~~~~~~

现代测控技术（吕辉） 20.00

现代测试技术（王勇） 23.00

现代测试技术（何广军） 22.00

光学设计（刘钧） 22.00

工程光学（韩军） 36.00

测试技术基础（李孟源） 15.00

测试系统技术（郭军） 14.00

电气控制技术（史军刚） 18.00

可编程序控制器应用技术（张发玉） 22.00

图像检测与处理技术（于殿泓） 18.00

自动检测技术（何金田） 26.00

电气控制基础与可编程控制器应用教程 24.00

DSP在现代测控技术中的应用（陈晓龙） 28.00

计量技术基础（李孟源） 14.00

~~~~~~家用电器与机电类~~~~~~

移动电话实践与指导（高职）（马立军） 12.00

移动电话原理与维修（高职）（万少云） 20.00

电视原理与系统（赵坚勇） 16.00

电视原理与电视机检修（高职）（庄月恒） 16.00

数字电视技术（赵坚勇） 20.00

现代音响与调音技术（第二版）（王兴亮） 21.00

电气控制与PLC原理及应用（高职）（常文平） 17.00

电力电子技术及应用（高职）（刘雨棣） 20.00

工程电动力学（修订版）（王一平）（研究生）32.00

工程力学（张光伟） 21.00

工程力学（皮智谋）（高职） 12.00

材料成型工艺基础（刘建华） 25.00

工程材料与应用（戈晓岚） 19.00

工程实践训练（周桂莲） 16.00

工程实践训练基础（周桂莲） 18.00

工程制图（含习题集）（高职）（白福民） 33.00

工程制图（含习题集）（周明贵） 36.00

工程图学简明教程（含习题集）（尉朝闻） 28.00

先进制造技术（高职）（孙燕华） 16.00

检测与控制技术（高职）（李贵山） 21.00

机械原理多媒体教学系统（资料）（书配盘）120.00

机械工程科技英语（程安宁）	15.00	模具制造技术（高职）（刘航）	22.00
机械设计基础（张京辉）（高职）	24.00	模具设计（高职）（曾霞文）	18.00
机械基础（安美玲）（高职）	20.00	冷冲压模具设计（高职）（刘庚武）	21.00
机械 CAD/CAM（欧长劲）	21.00	塑料成型模具设计（高职）（单小根）	37.00
机械 CAD/CAM 上机指导及练习教程	20.00	液压与气动技术（第二版）（朱梅）	23.00
机械制图（含习题集）（高职）（孙建东）	29.00	液压传动技术（高职）（简引霞）	23.00
机械设备制造技术（高职）（柳青松）	33.00	发动机构造与维修（高职）（王正键）	29.00
机械制造工艺装备（高职）（朱派龙）	22.00	汽车典型电控系统结构与维修（李美娟）	31.00
机械制造技术（高职）（邵堃）	24.00	汽车机械基础（高职）（娄万军）	29.00
机械制造基础（高职）（郑广花）	21.00	汽车底盘结构与维修（高职）（张红伟）	28.00
机械加工技术（高职）（魏康民）	24.00	汽车车身电气设备系统及附属电气设备	
数控编程与操作--SINUMERIK 数控系统	15.00	（高职）（颜培钦）	23.00
数控加工与编程（第二版）（高职）（詹华西）	22.00	汽车单片机与车载网络技术（于万海）	20.00
数控加工工艺（高职）（赵长旭）	24.00	汽车故障诊断技术（高职）（王秀贞）	19.00
数控加工工艺课程设计指导书（赵长旭）	12.00	汽车及配件营销（边伟）（高职）	25.00
数控加工工艺（高职）（刘长伟）	22.00	汽车营销技术（高职）（孙华宪）	15.00
数控加工实训教程（高职）（胡相斌）	24.00	汽车使用性能与检测技术（高职）（郭彬）	22.00
数控加工编程与操作（高职）（刘虹）	15.00	汽车电工电子技术（高职）（黄建华）	20.00
数控编程与操作（高职）（周虹）	19.00	汽车电气设备与维修（高职）（李春明）	25.00
数控机床故障分析与维修（高职）(潘海丽)	19.00	汽车车身结构与维修（高职）（吴兴敏）	26.00
数控机床电气控制（高职）（姚勇刚）	21.00	汽车使用与技术管理（高职）（边伟）	25.00
现代数控机床（高职）（刘瑞已）	25.00	汽车空调（高职）（李祥峰）	16.00
数控应用专业英语（高职）（黄海）	17.00	汽车概论（高职）（邓书涛）	20.00
机床电器与 PLC（高职）（李伟）	14.00	现代汽车典型电控系统结构原理	
电机及拖动基础（高职）（孟宪芳）	17.00	与故障诊断（高职）（徐生明）	25.00
电机拖动与控制（高职）（刘保录）	25.00	有色金属材料焊割技术（高职）（袁国义）	24.00
电机与电气控制（高职）（冉文）	23.00	互换性与技术测量（高职）（屈波）	19.00
电机原理与维修（高职）（解建军）	20.00	互换性与几何量测量技术（张帆）	30.00
供配电技术（高职）（杨洋）	25.00	电子CAD(Protel 99 SE)实训指导书（高职）	12.00
电切削加工技术（高职）（詹华西）	13.00	Pro/ENGINEER应用教程（高职）（朱玉红）	23.00
金属切削与机床（高职）（聂建武）	22.00	安全评价技术（张乃禄）	23.00
模具 CAD/CAM 实用教程——		安全检测技术（张乃禄）	28.00
Pro/ENGINEER Wildfire2.0（高职）	18.00		

欢迎来函索取本社最新书目和教材介绍，欢迎投稿！

通信地址：西安市太白南路2号　　西安电子科技大学出版社发行部　　邮　编：710071

邮购业务电话：（029）88201467　　　　　　　　　　　传　真：（029）88213675